文創風
love.doghouse.com.tw

狗屋硬底子，臺灣文創軟實力，原創風格無極限！

文創風
love.doghouse.com.tw

狗屋硬底子，臺灣文創軟實力，原創風格無極限！

文創風 002

強嫁

一

夏蘊清 著

《強嫁》序　無心強扭瓜很甜

每一段愛情都有個開始。

有的是一次美麗的相遇，擦身而過，相視一笑，那是一見鍾情。

有的是細水長流，彼此青梅竹馬，走過青蔥年少，驀然回首，原來你一直都在左右，那是日久生情。

當然也有例外，比如強求來的愛情。

常聽人家說「強扭的瓜不甜」，卻不知女子強搶了男子，又是何等光景？

這大概會很難想像，因為一般說到強搶，首先躍入腦海的便是五大三粗的漢子跨馬揚鞭，綁了如花似玉的小娘子回去做押寨夫人的場景。

可是這裡要說的，偏偏是女子搶了男子後引發出來的一連串故事。

也許又有人會聯想到，這大概是個十分慓悍的女主角，有著女王般的性格，可是事實上是她自己也很無辜，也是被無端捲入這事件的一員，所以這「強扭」其實也是「無心」的。

於是，愛情會以千百種方式碰撞產生，但結局都是一樣——相愛。

記得以前看任賢齊版的「新楚留香」，除了華麗的演員陣容之外，能記得的就只有那首主題曲「花太香」。

其中最打動我的只是兩句。一句是開頭的「笑天下，恩恩怨怨何時才休罷？黃昏近晚霞，獨行無牽掛」。恢弘灑脫，江湖兒女的瀟灑之態展露無遺，恩怨情仇，不過付諸一笑。

另一句則是高潮部分的「不帶一點傷，只在乎愛過她」。語鋒一轉，收斂傲骨，天下之大，只為伊人一句牽掛。

一個人心中有再多的恩怨情仇、天下大義，也終究會保留一塊地方，只為等著那人住進來。

恰如本文的男女主角。從朝堂到江湖，從歡笑到流淚，愛情的諸多情緒，一一體味過，最後融入骨髓的，只是相互攜手、白首不離的一個承諾。

去年我與好友一起去揚州城的瘦西湖裡轉悠，將要出門時，忽然看到一對年輕男女在石板路旁的花圃邊小聲爭吵著什麼，一時好奇，便停下了腳步。

女孩子穿著白色連衣裙，長長的披肩髮，很清秀的樣子，可是說話時又快又急，插腰站在男孩面前，架勢很潑辣，揚州話像是倒豆子一樣噼哩啪啦地蹦出來，有點兒可愛，又有點兒滑稽。

男孩子則是一副文文弱弱的模樣，坐在花圃邊的石塊上，始終笑咪咪的模樣，甚至給人感覺有些窩囊。

大概是被我和好友瞧得有點兒不好意思了，兩人很快便相攜離去。我跟好友也隨之出了遊覽區，以為就此不會遇見了，誰知沒一會兒又在街邊的一個攤位前看見了兩人。

不過這次的情況有些不同，攤主很沒好氣地跟女孩子計較著什麼，顯得很生氣，可是先前很霸氣的女孩子此時卻躲在了男孩身後，而原本溫和的男孩則跟攤主大聲爭辯著，完全沒有了之前的怯懦。

這件事給我留下了很深的印象，我想世上一定有些人是這樣的，在愛人面前永遠都是溫柔甚至卑微的，但是遇上事情，他會變得頂天立地，英勇地擋在愛人的身前，為其擋風遮雨。

正如故事裡的男主角段衍之。初遇時是柔弱膽小的白面公子，為了家族，為了父仇而隱藏著自己的絕世武藝，周旋朝堂，笑對眾人，但是心中一直都是如荒煙蔓草般的孤寂。

直到他遇到喬小扇——那個強嫁給他的女子。

當他終於為了她挺身而出，丟棄了扮豬吃老虎的面具，厭倦了朝堂的爾虞我詐，寧願與之攜手江湖時，愛情早已是意料之中的事。

幾千年前的《詩經》奏響了無數愛情樂章，最美的無非是那句「死生契闊，與子成說。執子之手，與子偕老。」

及至漢代卓文君那句「願得一心人，白首不相離」，又將男女最忠誠可貴的愛情昇華到了一個極致。

愛情總是來得猝不及防，攜手卻又總是困難重重。不過，最有力的武器便是堅持。

朝堂陰謀，江湖廝殺，隔著茫茫別離的橋樑相遇，便是兑現相守之諾的時候。

這是個笑中帶淚的故事，恰如愛情的樂與愁。有些人的愛情只是個故事，但把握身邊的感情，卻是你自己可以創造的傳奇。

謹以此文，祝願所有天下有情人終成眷屬。

夏蘊清

二〇一一年八月十日于南京

楔子

冬日午間的陽光最是舒適，若能此時躺在樹下瞇著眼曬一番，便叫人覺得是世間最美的享受。

譬如現在的喬小刀和喬小葉。

四下很安靜，這小鎮歷來是交通要道，更別說現在兩人所在的小鎮入口了。平日裡鎮上的百姓都是搶著在這兒做生意的，然而今日卻因這兩人的出現全都了無蹤跡了。

喬小刀一身黑色，上衣頗短，堪堪蓋過膝蓋，袖口和褲腳都被束起，典型的江湖裝束，根本看不出是女子，頭髮也只隨意地綁了綁，露出一張偏圓卻不失清秀的臉來，手中一邊把玩著一把小匕首，一邊轉頭看向身邊的人。

「三妹，妳說大姊會不會突然醒來？」

喬小葉原先正在合目養神，白綢長袍貼在清瘦的身子上，手中執一柄摺扇，加上刻意擺出的悠然姿態，像極了飽讀聖賢書的白面書生，然而一聽這話卻冷不丁地打了個寒顫，差點形象盡毀。「二姊，妳可別亂說，萬一被妳說中了可怎麼好？以大姊的功夫，怕是妳也抵擋不住吧？」

喬小刀想起她大姊的身手，冷不丁地哆嗦了一下。「呸呸呸，童言無忌，絕對不會醒過來的！」

喬小葉朝天翻了個白眼，從地上一躍而起，看了看四周空蕩蕩的景象以及地上散落的菜葉瓜果，右手中的紙扇輕輕敲著左手心，邊搖頭邊感慨：她們姊妹對鎮上百姓的威懾力似乎是見長了啊！

想當初他們喬家在這天水鎮也是一等一的良民家庭啊，不過那都是她們父親還在世時的輝煌榮景了，如今因為她們的大姊，她們三姊妹早已不自覺地成了天水鎮一霸。

——喬家大姊喬小扇在天水鎮可是個人物，因為她曾經砍過人，還蹲過牢。

說起來，那是兩年前的事情了。

母親早亡，家裡的事情本就一直都由大姊操持，所以具體緣由兩個妹妹也不清楚，加上那會兒父親又剛剛過世，心情正低落著呢，哪裡想得到一向做事沈穩的大姊會鬧出這麼件驚天動地的大事來。

原本事情過去了也就過去了，如今大姊也被放了出來，該怎麼過日子還怎麼過，兩個妹妹倒也沒覺得有什麼影響，但隨著時間推移，她們逐漸意識到了不妙。

原因是喬老爺子臨終時明確地留下了話：兩個妹妹必須要等大姊出嫁之後方可談及婚嫁。

事實證明，她們那英明神武的爹著實給她們出了個大難題，誰能想到她們的大姊會去砍人啊？這麼一來，誰還敢娶她？

重點是，沒人娶她，喬小葉和喬小刀的親事也就被耽擱了。

作為女子，不該如此不矜持，可是作為一個年滿二十、一個行將十九的大齡女子，矜持算什麼！

於是，兩姊妹決定將矜持放一邊，先解決了大姊的婚事，再尋求自己的終身幸福。

之前兩人嘗試過給喬小扇相親，天水鎮年齡在十八至四十的男子都被兩姊妹篩選了一遍，奈何人家一聽她們大姊的名號便掩面淚奔而去，九頭牛也拉不回來，可見此路不通。

在經歷了無數次的失敗經驗之後，姊妹倆痛定思痛，終於下了狠心，決定不再侷限於天水鎮，要放眼全天下！

昨日兩人蹲在自家院中的花壇邊制定了一番詳細計劃，今日便是實施之日。

此次行動代號為：搶個姊夫送大姊！

耳邊傳來一陣噠噠的馬蹄聲，兩人轉頭望去，原本空無一人的官道上，一人騎快馬而來，青衫隨風揚起，身姿挺拔，身下的馬蹄踏起一陣塵土，意氣風發得好似從戰場而歸的將軍。

喬小刀平素不愛紅裝愛武裝，最喜歡的便是有著武將範兒的男子，因此一見來人便三兩下竄了過去，只不過很快又迅速地竄了回來，神情有些沮喪。

「三妹，我看這是妳喜歡的類型。」

「喔？」喬小葉來了興趣，朝前走了幾步，擋住了來人的去路。

那是個相貌不凡的男子，只著了普通的青色長衫也掩飾不住身上的絕佳氣質，喬小葉只一眼就明白了，難怪她二姊會不喜歡，因為仔細一看，這分明是個書生模樣的文雅男子，哪裡有半點武將範兒？

青衫男子勒住馬後，神色無波地看了一眼立在馬前的喬小葉，卻叫喬小葉心頭驀地激起一陣漣漪。

這如水般的眼眸喲……

男子的馬剛停下，後面就有一小廝騎馬趕到，氣喘吁吁地問他。「大少爺，您騎這麼快做什麼？」

青衫男子沒有理他，朝眼前的兩人拱了拱手。「不知二位因何擋著去路？在下急著趕回揚州，煩請讓一下路。」

喬小葉手中扇子收起，亦朝他拱了拱手。「公子有禮了，在下不過是見公子相貌堂堂、談吐不凡，想留公子您在天水鎮作個客而已。」

青衫男子一臉莫名其妙。「在下急著趕路，公子的好意在下心領了。」

喬小葉的下巴抵著扇柄，故弄玄虛。「公子有所不知，在下粗通文墨，也略懂些相人之術，在下看公子你年紀至少已有二十二、三，卻似沒有娶妻，可是事實？」

男子尚未答話，他身後的小廝就驚奇地叫道：「欸？大少爺，他說的對耶！真厲害！」

青衫男子轉頭瞪了他一眼。

喬小葉嗤嗤悶笑。「公子還未娶妻，定是還未遇上想娶之人吧？」

「此乃在下私事，似與公子無關。」男子回答得有些不悅。

喬小葉微微一笑。「既然公子尚未娶妻，在下倒是有個好人選。」

「……什麼？」

喬小葉卻不理會他奇怪的眼神，展扇輕搖，故作風雅地道：「在下家中有一大姊，芳齡二十有二，面貌秀美，能文能武，入得廚房，出得廳堂，實乃天水鎮一朵奇葩，不知公子可有意？」

青衫男子好半晌才回過神來。「莫非公子的意思是要……搶親？」

喬小葉手中的扇子唰的一下合上，讚賞地朝他一指。「公子實乃冰雪聰明，跟我家大姊簡直是天作之合！」

「請公子讓路吧，在下還趕著回去照料重病的母親。」

男子已隱隱動怒，喬小葉卻只是輕笑。

「無妨，我大姊還略通醫術，你與她成親後便直接帶去揚州家中好了，令堂絕對會欣喜萬分，興許不用藥就會好了。」她轉著扇子悠悠然地道：「想必令堂生病有部分原因也是你不肯成親所致吧？」

男子微微一怔，似乎是被她說中了。

喬小葉趁他垂頭沈思之際，朝喬小刀使了個眼色，後者早就搓了半天手了，立即躍至馬邊，連人帶馬地牽到了自己這邊。

男子反應過來，愕然地看著兩人。「你們還真的要搶親?!」

小廝在一邊高呼：「來人啊，有人搶親啦！來人啊！」

喬小刀慢悠悠地道：「天水鎮的人誰敢管我們的閒事啊。」

喬小葉在一邊教導她。「二姊，要謙虛。」

「原來妳是女子。」青衫男子不悅地翻身下馬，走到喬小刀跟前。「妳是哪家姑娘，怎敢做出這樣的事情來？家中無人管教嗎？」

喬小刀是何等人物，最見不得他人氣焰，當場就要發作，卻被喬小葉慌忙攔在身後，這樣一來，喬小葉便正對著青衣男子了。

沒想到仰著頭看他還覺得有些累，喬小葉不自覺地就被他的氣勢給嚇得後退了半步。

喬小刀見她退縮，又擄著袖子想上前。

喬小葉力氣沒她大，立即就被她推著擠到了男子跟前，連忙用手撐在男子胸前，才免得進一步接觸。

青衣男子低頭看見她那雙手，忽而低頭湊近她，伸手撥開她鬢邊髮絲，露出耳垂上的耳洞，冷笑了一聲。「原來妳也是女子。」

喬小葉被他忽來的親暱嚇了一跳，先前的機靈半分也沒有了，只是面紅耳赤地看著他，想要往後退，卻又被他一把扣住了手腕。

正在兩方對峙的當口，一人奇怪的聲音傳了過來——

「咦？這是要欺負女人嗎？」

幾人同時循著聲音看去，一輛馬車從青衫男子身後方向緩緩駛來，停在了不遠處。趕車的是個年屆而立的大漢，相貌魁偉，不過剛才的聲音聽上去溫和似水，應該不是他。視線移到大漢身後，一人挑著車簾看向這裡，面如冠玉，相貌精緻，寬袍綬帶，神情微微訝異。

「這位公子，光天化日的，可不要欺人太甚啊！」車裡的人笑咪咪地看著青衫男子。

「我……欺人太甚?!」青衫男子驚訝莫名。

喬小葉瞬間明白過來，想來是兩人剛才站的位置看上去產生了反向效果，自己的手又被男子扣著，怎麼看也是自己這方無辜。

她靈機一動，見縫插針，淚水頃刻落下，對青衫男子道：「你何必如此生氣？我女扮男裝不過一時興起，又不曾驚擾了你，與你何干，你憑什麼來管教我……」

青衫男子徹底懵住，喬小葉卻及時地對喬小刀使了個眼色，示意她看好青衫男子，隨即自己一陣風似地飄到了車中男子跟前，收起扇子，從懷裡抽出一塊帕子揩了揩眼睛，像是不解氣一般，又猛地甩了兩下。

「我怎麼這麼命苦啊？父母不在了，我姊妹二人出門在外，女扮男裝不過是圖個安全罷了，不想還被人欺負了，嗚嗚嗚……」

車中男子一臉同情地看著她。「姑娘真是可憐。」

青衫男子則忍無可忍。「姑娘，妳到底在說什麼?!」

喬小葉甩著帕子假哭不止，完全不理會他。「公子您給我評評理，我不過在此擋了他的道罷了，他便下馬來罵，待發現我姊妹二人是女子便百般調戲，好不齷齪！」

車中男子姣好的五官揪到了一起，有些憤憤地抬眼瞪了一眼青衫男子，好言寬慰她。「現在沒事便好了，姑娘別哭了。不過……」他語氣一轉，忽然疑惑道：「先前聽到有人喊搶親，似乎是男子的聲音，這又是怎麼回事？」

「呃……」喬小葉一頭冷汗，眼珠一轉，乾脆繼續胡謅。「是那小廝幫著他家主子調戲我們呢！公子也不想想，哪有女子搶男子的道理？」

車內的男子若有所思地點了點頭，似已信了。

喬小葉乘機細細打量著他，雖然不及那青衫男子偉岸，且還有些男生女相，但單論相貌氣質，卻絕不輸於旁人，配她家大姊也算是綽綽有餘了。

「公子。」喬小葉喚了他一聲。「公子可已婚配？」

「嗯？」車中男子訝異地抬頭看著她，尚未回答，一邊的大漢便怒吼了一聲——

「放肆！我家公子的私事妳也敢打聽？」

喬小葉被他這一聲吼得小臉煞白，差點厥倒，眼神哀怨地看了一眼車中男子。

「呃，姑娘不用害怕，巴烏是我的護衛，別看他外表粗獷，實際上心靈純善，絕對不會對妳怎麼樣的。」

喬小葉穩了穩心神，又繼續問他。「那公子您可已娶妻？方不方便告知小女子呢？」

「這個自然可以如實相告，在下尚未娶妻。」

喬小葉心中狂喜，這可真是天助她也，居然一下子送來兩個美男！

「那麼公子您貴庚幾何？」

「在下過了年便二十三了。」

喬小葉更加欣喜。「公子與我家大姊同齡，實乃天作之合啊！」

車中男子莫名其妙地看著她，剛想要出口詢問，突然「咦」了一聲，向後仰倒，軟軟地癱在了車裡。

車外的大漢大驚，剛想有所動作，喬小葉就在他鼻尖揮了一下帕子，他便也軟了下去，歪倒在車門邊昏睡過去。

旁邊的青衫男子驚訝地看著眼前這一幕，一時怔住，說不出話來。一邊的小廝想大喊，喬小刀踢起一塊石子正中他的肩頸，小廝慘叫一聲暈倒在地上，青衫男子剛要發話，後頸猛地受到一擊，也暈了過去。

喬小刀看了看眼前的人，又看了喬小葉手裡的帕子一眼。「我說，妳就是用這帕子弄暈大姊的吧？」

喬小葉小心翼翼地收好帕子，抬抬下巴。「這可是費了許多心思才弄到手的，妳可別透露出去。我們現在趕快回去，趁著大姊還在昏睡，把他們的婚事給辦了。」

三姊妹裡，唯喬小葉不會武功，不過歪門邪道數她最多。帕子上雖沾了蒙汗藥，可她跟喬小刀已提前吃了解藥，早就做好了將人撂倒的準備。只沒想到居然能撂倒兩個極品，真是好運。

喬小刀遲疑地看著眼前的場景。「那妳要讓誰跟大姊成親啊？」

喬小葉的眼神在青衫男子的臉上頓了頓，又移到了馬車中的人身上，咭咭冷笑道：「當然是他了。」

「欸？」喬小刀詫異地指著青衫男子。「那他呢？」

喬小葉含羞帶怯地看了她一眼。「死相，還要人家說出來嗎？當然是我自己留著了。」難得遇上一個看對眼的，乾脆來個一不做二不休。

喬小刀無語地看了她一眼。

風過處，車簾揚起，馬車中的人幾不可察地勾了勾嘴角。被劫了？有趣！不過看樣子似乎是要被搶去做人家的相公了。他剛才閉著眼，也沒瞧見喬小葉到底是要誰跟她們口中的那位大姊拜堂。

唉，算了，暫且看看情形再說吧。

察覺車外的大漢似乎想要起身，他伸腳輕輕一踢，一切重歸平靜。

第一章

天水鎮地處南北交界之地，向來是京城到江南的必經之處，是以此地雖然只是個小鎮，鎮民卻也不是什麼耳目閉塞之人，奇聞異事聽得多了，所以一般要是有什麼八卦消息也引不起人家多少興趣來。

不過今日天水鎮的鎮民們卻著實的八卦了一把，因為他們聽說喬家大姊居然於昨晚成親了！

此事的震撼程度不亞於平地起雷，一經傳出便席捲全鎮。之所以會掀起這麼大的狂瀾，主要還是因為主人公是喬家大姊。鎮民們幾乎都有同樣的想法——究竟是什麼人才敢娶那樣的女子為妻啊？就不怕她一個不如意把自己給砍了？

但畢竟只是口舌上的事情，大家對喬家之事也不敢多有置喙，聽一聽便罷了。誰知下一刻又有人探得了最新消息——據說喬家的那個大姊夫是搶來的！

於是，天水鎮再次一片譁然。

然而無論街上鎮民們討論得多麼熱火朝天，此時喬家院內卻還是一片清靜。

說起來，喬家的住處還算僻靜，可能也是附近鄰居都防著他們的緣故，總之自從喬家大姊兩年前出了砍人那樁事情之後，如今方圓百丈之內就僅有喬家一戶人家了。

據說喬家老爺子以前是京城人士，所以喬家的院子建得頗有些京城四合院的風格，四面都有廂房，坐北朝南的為主屋，主屋正中堂屋為平日招待賓客的前廳。喬家出了喬家大姊這樣的人物，自然是不會有什麼賓客登門了，然而此時裡面倒也算熱鬧，因為喬家所有人都聚在這裡。

廳中上首位置坐著一人，地上跪著兩人，卻不是對著坐著的那人，而是側著身子，朝桌上放置的一個牌位恭恭敬敬的跪著。

坐在位子上的是個二十出頭的女子，檀口瑤鼻、膚若凝脂，長相極其秀美。她的身上還穿著大紅喜服，一手搭在椅子扶手，一手擱在桌面上，正有一下、沒一下的輕點著，嘴唇緊抿，眼神冷若寒冰，雖然只是坐著，卻教人感到一股無形的壓力。

地上跪著的兩人正是喬小刀和喬小葉，喬小葉身上也穿著大紅的喜服，喬小刀還是那副短打勁裝打扮，她皺著眉委屈地轉頭瞪了一眼喬小葉，又朝堂上坐著的人努努嘴，示意喬小葉開口。

於是喬小葉心一橫，終於抬頭朝坐著的人擠出了一抹諂媚的笑容，柔情密意地叫了她一聲。

「大姊……」

這一聲叫出來簡直猶如泥牛入海，根本沒有半點回應。喬小葉有點兒沒底了，她家大姊的性子是最讓她捉摸不透的，跟喬小刀瞞著大姊做了這事她原先就心虛，現在再看叫她都沒反應就更慌了。

接下來不會要用家法吧？

喬小扇仍舊是那副淡然的模樣，一手輕輕敲著桌面，看到喬小葉的神情，抿著唇輕輕勾了勾嘴角。

喬小葉看到她那頗具深意的笑容，頓覺頭皮一陣發麻，臉上神色越發緊張。

喬小扇卻沒有急著開口，像故意要考驗兩人的耐力一般，半晌過去才輕輕哼了一聲，眼神依次掃過喬小葉和喬小刀。「怎麼？有膽子做，沒膽子承認嗎？」

喬小葉的臉頓時垮了下來。「大姊，妳要用家法就用吧，我、我認了。」話是這麼說，她的神情卻分明是一副屈打成招、忍辱負重的模樣。「但是我所做的一切都是為了妳好，真的！」

言辭倒是懇切，只可惜這一招對喬小扇來說已經失靈，她太瞭解自己的兩個妹子是什麼德行了，所以即使一邊的喬小刀已經被喬小葉這副說辭給震得目瞪口呆了，她也只是面不改色的繼續敲著她的桌面，一臉平靜地看著兩人。

「大、大姊，不管怎麼說……堂都拜了，妳不是想反悔吧？」喬小葉見她大姊一直不說話，忍不住往壞方向想了。

「是啊，大姊，妳和三妹分別與那兩人拜了堂，我們喬家祖訓在此，做事豈能不負責呢？」喬小刀也在一旁幫襯著喬小葉。

喬小葉連連點頭，一轉頭看到她大姊的神情，又覺得不妙了。

喬小扇冷冷地朝兩人點了點頭，看了看桌上的牌位。「說得不錯，當著爹的面說了這話，那便按照祖訓來辦。既然做了事便要負責，妳們兩人就在這裡好好地向爹他老人家懺悔一番，什麼時候想通了再給飯吃。」說完悠悠然起了身，越過兩人出了門。

喬小葉和喬小刀一下子軟倒在地上，看著牌位欲哭無淚。說是懺悔到想通了，但她們心裡明白得很，除非是大姊想通了，不然她們兩個還是別想有飯吃啊！

唉，強權啊強權！

前廳對面有間空置的屋子，家具陳設一應俱全，雖然看上去明顯是久無人居住，倒還算整潔。

屋裡關了兩人，一人是那日喬小葉先遇到的青衫公子，一人便是後來在馬車裡的男子。兩人的下人被關在了別處，這兩人此時卻統一地著大紅喜服，被關在一起。此情此景，著實有些尷尬。他們一從昏睡中醒來便發現被鎖在一間屋子裡，還穿著大紅的喜服……怎麼看都是有點怪異的。

剛才喬家姊妹說話時，兩人都在仔細地聽著對面的動靜，直到對面再無一點聲響，兩人才結束了附耳在窗邊的動作。

沈默了一會兒後，馬車裡的男子先開了口，朝對面的人抱了抱拳道：「在下姓段，名衍之，表字雲雨，不知這位兄台如何稱呼？」

坐在他對面的男子趕緊回禮。「段公子有禮，在下陸長風，表字恪敬。」雖然此事是因這個名叫段衍之的男子才鬧得這般不可收拾，奈何此時他也一樣落了難，想必心中也是萬分懊悔，陸長風便不好再責怪他了。

段衍之聽了他的話，擺了擺手。「既然你我同時落難，也不要講究那些虛禮了。我看陸兄你當年長於我，我便稱你一聲恪敬兄好了。」

陸長風笑了一下。「也好，那我便自居為兄，稱你一聲雲雨了。」

段衍之笑著點了點頭。他相貌偏陰柔，雖然極其貌美，但難免使人感覺有些柔弱，不過剛才對陸長風這般灑脫，又顯出幾分瀟灑之態來。陸長風在外行走多年，頗為欣賞這樣的性格，兩人說了幾句話便熟絡起來。只是出門在外，總是要多留個心眼，因此兩人雖然說了不少的話，卻大多沒有提及彼此的家人朋友，幾乎都是在說些廢話。

不過話說回來，這個時候，也只能說些廢話來打發時間了。

兩人正在聊著，突然聽到屋外有腳步聲接近。

陸長風精神一振，抬眼緊盯著門口。

段衍之看到，笑著看了看他。「恪敬兄想必很想離開啊！」

「當然，難不成雲雨你不想走？」

「我倒是無所謂，反正我暫時也沒有地方可去，隨便在哪兒落腳都是可以的。」

「你……」陸長風驚訝地看著他，不知道該說什麼好了。

這一遲疑間，門外的鎖喀啦一聲脆響，接著門便被推了開來。兩人轉頭看去，只見一個身材高眺的女子走了進來，穿著大紅的喜服，長相倒是清麗討喜，特別是那雙眼睛，波光流轉，極有靈氣，奈何神情平淡，似有些不易親近。

段衍之和陸長風都是見過喬小刀和喬小葉的，所以立即反應過來這應當便是她們口中的那位大姊了。

三人正在大眼瞪小眼之際，段衍之突然語不驚人死不休地問了陸長風一句——

「我說，這是你家娘子還是我家娘子？」

第二章

段衍之的話剛說完，陸長風就閉了閉眼，一副沈痛的表情。

這人真是……

這個時候居然能問出這樣的問題來！

喬小扇也愣了愣，下意識地就看向那說話之人，對上他那張精緻的臉時驚豔了一把，然而再細細打量了他一番，又有些失望，這個男子看上去也未免太柔弱了些。視線轉去青衫男子身上，器宇軒昂，倒是有些男兒氣質，只不過喬小扇粗粗一觀便知曉他一點武藝也無。

她的視線在兩人身上流連了一陣後，突然抬手朝青衫男子拱了拱手。「在下是喬家大姊喬小扇，請問公子如何稱呼？」

陸長風一愣，臉沈了下來。「姑娘不必多問，在下只想盡快離開。」

喬小扇見他這副模樣，不免有些尷尬。昨日是在昏迷的狀態下與其中一人拜了堂，照理說她也是無辜之人，可她畢竟是喬家老大，當負的責任自然不能推卻。這麼一想，她的情緒又復歸了平靜。

「關於此事，還請公子恕罪，是我那兩個妹妹得罪了。看公子的氣質風華，應該就是與我三妹拜堂的那位公子了，不知公子如何稱呼？」

她知道喬小葉的喜好，所以一眼便認定青衫男子就是與喬小葉拜堂的那位。

聽她這麼一說，一邊的段衍之也就明白她正是自己的娘子了。

畢竟是個姑娘家，還連問了自己名字兩次，陸長風也不好再拂了她的面子，只是心中仍舊不快，因此別過臉沈聲回道：「在下姓陸，名長風。」

喬小扇見他終於回答了，心中一鬆。「原來是陸公子。不管如何，大錯已經鑄成，既然你與我三妹已然拜過天地，自然不能再反悔。」

「妳——」陸長風驀然起身。「喬姑娘，請不要欺人太甚！在下與令妹拜堂並非自願，還請姑娘放了我的下人，讓我們回揚州去，不然的話，我看我們只能去找鎮長商量一、二了。」

喬小扇不自然地咳了一聲。「這個……鎮長他老人家一般是不太管我們喬家的事情的。」

「什麼？」陸長風愕然。

喬小扇仍舊是一副淡淡的表情，只是眼神有些赧然。「公子須知……鎮長家裡也是有兒子的，為了不讓自己的兒子成為喬家女婿，所以……你懂的。」

「……」陸長風一時無話了。倒不是沒了主意，只是陡然見了這般慓悍的人家，委實吃驚。

被晾在一邊許久的段衍之撇了撇嘴，似是想笑。本以為喬小扇還要再跟陸長風磨上好一陣子，誰知喬小扇突然又轉頭看向了他，然後朝他拱了拱手。

「相公你貴姓？」
段衍之一愣，這是什麼問題？新婚妻子對自己相公的第一句話居然是這個？這可能是天底下最新奇的事情了。
段衍之腦中快速想完這圈，笑著回了一禮。「免貴姓段，娘子可以叫我雲雨。」
喬小扇默默地點了點頭，覺得如此溫柔似水的名字對他來說簡直是再適合不過。
陸長風聽到兩人的談話，像是看到了怪物一般看著段衍之。「雲雨你……」也太讓人失望了！
段衍之似乎並不覺得有什麼不妥，反而還寬慰起陸長風來。「恪敬兄，依我看，你與喬家三姑娘男未婚、女未嫁，也不失為一樁好姻緣。既然上天做了這樣的安排，你也無須再多掙扎，想要回去的話，便帶了喬三姑娘一起回去就是了。」
喬小扇點了點頭。「若是這樣，你便可以回揚州去了，正好讓親家母看看小葉，醜媳婦總要見公婆的。」
陸長風悟了，眼前兩人儼然已經夫妻同心，他想要說什麼只怕也是徒勞。他怎麼也沒想到段衍之會一點兒也不反抗。
他此時對段衍之已是哀其不幸，怒其不爭，心裡氣不打一處來，當即怒氣騰騰地別過頭去。
「二位真是天賜良緣，可惜在下與喬三姑娘無緣，請二位還是不要再多費口舌了。」

段衍之看了看喬小扇，無奈地搖了搖頭。

喬小扇倒是沒想到自己這個搶來的相公如此的配合自己，實在是有些出乎意料，但是已經有個難纏的陸長風了，現在看到這麼一位人物，心裡其實還是有些慶幸的。

陸長風見她臉色沈凝，不知這是她長久以來的性格所致，心中不免有些沒底。

雖然不會自甘墮落地答應成為她的妹夫，但是他必須要為自己的貼身小廝金九想想，所以左思右想了一陣後，只好緩和下語氣對喬小扇說了句話。

「暫時就不要說這件事了，我只希望喬姑娘能盡快放了我的下人。」

喬小扇這才知道還有其他人被關著，看來她那兩個妹妹也實在是運氣好，有跟班還能把人給弄來。她不知道陸長風心中的想法，認為他這麼說了便是有轉機了，興許跟小葉多處些日子就好了，於是立即就點頭答應了下來。

陸長風見她答應，心裡也稍稍輕鬆了些。

喬小扇自己也是剛剛清醒不久，現在一切都還在混亂中，能將兩個人穩住已經很不錯了。本來她也不該如此強求陸長風的，只是他與自己的三妹已經成親，昨夜兩個妹妹又是煙花、又是爆竹的，大張旗鼓地辦了婚事，就怕她事後反悔，但這麼一來，事情也在天水鎮傳開了。如今若是放他走了，小葉以後也別指望做人了。

雖然外界將喬小扇傳得十分兇悍，但她實際卻十分穩重守節，深知女子名節重於一切，所以如今雖知此事有違道德，也當面責怪了兩個妹妹，然而堂已拜了，已有夫妻名分，作為大姊，她也只能盡力維護妹妹名聲了。

她頗為頭疼地揉了揉額角，努力地對陸長風擠出一抹和善的笑意。「妹夫的房間就在院子西側，在小葉房間隔壁，你暫時就與小葉分開住吧。我稍後便將你的下人給放出來，只希望你能早日放開，接受這個事實。」

陸長風聽到她叫自己妹夫，差點又要動怒，實在是考慮到自己現在的處境才又將心頭火給壓了下來，哼了一聲算是知道了。

喬小扇嘆了口氣，轉頭朝他招了招手。「相公，請隨我來。」

段衍之乖巧地點點頭，起身走到她跟前，跟著她一前一後出了門。

陸長風見段衍之對喬小扇這麼聽話，先前心裡頭對他升起來的一點好感頓時全消。在他看來，段衍之不是骨頭軟就是貪圖喬小扇的美色，總之不管哪一樣，都讓他很反感。

不過轉念一想，段衍之這個名字似乎有些熟悉，他好像在哪兒聽到過……是在哪兒來著？

喬小扇帶著他一路走到了院落東邊的廂房，推開其中一扇門對他道：「相公，這裡以後便是你住的地方了。」

「啊！」段衍之突然一聲驚叫，一手猛地扒住了門框，一手揪住自己的領口，心驚膽顫地看著她。「娘、娘子，妳是不是太心急了？那個……我們還不熟呢，洞房什麼的，還需等等……」

喬小扇愣住，先前只是覺得他有些男生女相，現在看到他一個大男人竟扒著門框，這像什麼樣子？臉上還做出這種小心翼翼的表情來，這、這實在……

她撫了撫額，喬小葉這個天殺的，給她找了個什麼樣的相公啊？這模樣分明就是個小媳婦兒！

雖然氣憤，卻還要耐著性子解釋。「相公莫要誤會，我當然知道你我現在還不熟，也不是要把你怎麼樣，我只說這裡是你住的地方，我住在隔壁。」

段衍之懷疑地看著她。「此話當真？」

「千真萬確！」喬小扇嘆了口氣。「你放心，只要你不願意，我絕對不碰你。」

其實就算他願意，她也不想碰他！這樣柔弱的男子，不要也罷。只不過當負的責任還是要負，所以這個名分還要保持著，否則以後叫她如何去地下見她那位家規甚嚴的父親？

段衍之見喬小扇作出了這番保證，總算站穩了身子，不過進房的時候是側著身子進去的，看著她的眼神也十分謹慎，像是當心喬小扇隨時會朝他撲過來一樣。

喬小扇搖了搖頭，轉身舉步離開，剛走兩步，忽聽房中的人問她——

「聽說娘子以前砍過人？」

她腳步一頓，轉身看著他，就見他的身子遮掩在屏風後面，只露出張臉，還寫滿了驚詫和恐懼，甚至都可以看出他扒著屏風邊緣的手指在微微顫抖。
「是，不過我砍的是當砍之人，相公不必害怕。」
喬小扇已經認命了，找來這麼一個相公，許是對她以前砍人的懲罰吧。
聞言，段衍之臉都白了，還是強撐著點了點頭。「娘子……可否將我的下人放出來？妳我已經拜了堂，他自然也是娘子妳的下人了。」
原來他也有下人被關著。喬小扇隨口應了一聲，又看了一眼他慘白的臉，突地轉身大步離開。
她要去把喬小葉好好修理一頓！這就是她找來的好姊夫?!
段衍之見喬小扇已經離開，臉上楚楚可憐的神情瞬間斂去，從屏風後走了出來，四下打量起房間。沒有多少裝飾，不過一張圓桌，一面書桌，一個屏風，屏風後就是床。與他在京城的住處自然是不能比的，不過很整潔，與住客棧也差不了多少，何況還有免費飯食提供。
他前思後想了一番，覺得幾聲「娘子」便換來這些，甚為划算。
沒一會兒，有人腳步急切地朝這邊走來了，段衍之聽出那腳步聲中的沈重，嘴角一揚，在來人剛要進門之際喚了一聲——
「巴烏。」
來人一下子衝了進來，一看到他好好的站著，頓時鬆了口氣，不過一看見他身上穿著大紅的喜服，神色又變得古怪起來。

段衍之扯了扯喜服。「無妨，只是一件衣裳而已，不用大驚小怪地看著我。」

巴烏一張粗獷的臉上滿是愁容。「公子，您不讓我拆穿那兩個丫頭的把戲，還真的跟人家拜了堂啊？」

段衍之無辜地點了點頭。「很有趣啊！」

「公子是忘了自己是因何才出了家門嗎？」巴烏的聲音很陰沈。

段衍之想了想，猛然拍了一下額頭。「是啊！我就是為了逃婚才出來的，怎麼還跟人家拜堂了呢？」

巴烏無語地看著他。

「不過你也別小看了你家公子我，你忘了我們除了逃婚還有什麼事情要做嗎？」

巴烏一愣，垂頭想了想，驀地抬起頭看著他。「莫非公子是故意的？」

「當然了。」段衍之在桌邊坐下，給自己倒了杯茶，也招呼巴烏坐下來。「我本打算將計就計地教訓教訓那對姊妹，不想倒來對了地方。巴烏，你可知這家人姓什麼？」

巴烏誠實地搖了搖頭。「不知。」

段衍之慢條斯理地抿了一口茶，姿勢優雅。「這家人姓喬，她們的大姊，也就是與我拜堂的那位，叫喬小扇。」

第三章

喬家老二喬小刀最近很無奈，照理說她姊姊和妹妹都嫁了人，她該高興才是，可是喬家多了兩個人後實際情形卻與以前差不多，基本上就是大家該幹麼還是幹麼，作為姊妹，這樣的情形讓她覺得十分不妥。

喬小刀覺得有必要改善一下現狀，妹妹那一對似乎已是病入膏肓無藥可救，她是不指望了，就打算撮合一下她大姊和姊夫，於是跑去對喬小扇道——

「大姊，姊夫初來乍到，妳不如帶著他去市集上逛逛吧，他對這裡還人生地不熟呢！」

喬小扇聽了這話，立即一記眼刀剜去，其中意味不言而喻，是嫌她管得太寬了。她至今還對喬小刀和喬小葉做的糊塗事生氣，本來就不想理她。

偏偏喬小刀粗枝大葉得很，以為她已經不再介意，又不知道她對段衍之的實際態度，所以勸得更加積極。

「大姊，妳要為你們以後的生活多想想，現在找些機會，兩人多做些瞭解，以後他見了妳也就不會一直那麼躲避著了，妳要讓他看到妳溫柔善良的一面啊！」

敢情她以為雲雨那小媳婦樣兒是她造成的？其實他原先就是那麼弱不禁風的一個人啊！喬小

扇還記得前天看到他躲在院角暗自垂淚的模樣，走過去一看，不過是一隻麻雀受了傷……

這樣的男子，分明就是天生如此，與她何干？

喬小扇默默扭頭看向喬小刀。「妳覺得大姊我不夠溫柔善良？」

後者身子一抖，連忙搖頭，趕忙在她犀利的眼神中退避三舍。

喬小刀走後沒多久，喬小扇想了想，還是決定去找她這位相公。

其實喬小扇並不喜歡逛街，但是不可否認，喬小刀的話很有道理。

這幾天段衍之躲避著她，她又何嘗不是躲避著段衍之？所以兩人成親好一段時間了，她除了知道他叫雲雨之外，連對方家住何方、家中父母是否俱全、打算何時帶著她回去拜會二老之類的基本問題也沒有問過。

當然，這其中不乏問了會尷尬的原因在，畢竟是她們家搶了人家做女婿，現在再求著人家帶自己回去看望高堂，似乎有些說不過去。

到了隔壁，發現段衍之的房門開著，她站在門邊朝裡看了看，並未看到有人在，開口叫了兩聲也無人回應，便乾脆提步走了進去。

房中很整齊，這點讓喬小扇很滿意，看來她這個相公並不是個邋遢之人。

在房中轉了一圈，她的眼神接觸到放在窗邊書桌上一把展開著的摺扇，走過去看了看。

原來這扇面上的字畫是剛剛所作，墨跡尚未乾透，是放在這裡晾著的。扇面上畫的是一幅山水畫，筆風豪放，意境深遠大氣。喬小扇一邊暗暗對作畫之人心生讚賞，一邊視線往下去看作者是誰，一看卻見名字是「段衍之」，心中微微疑惑。

段衍之剛好帶著巴烏從門外進來，一眼就看到站在桌邊正微傾著身子盯著扇面的喬小扇，稍稍驚訝之後便走了過去，在她身邊站定，笑著問道：「娘子也喜歡山水畫？」

喬小扇已經看到他走了過來，早已直起了身子，點了一下頭。「算是喜歡，卻並不懂太多，只是看著覺得心胸開闊，想必是極好的，卻不知這作畫的段衍之是何人？怎麼也姓段？」

段衍之一愣，這才想起之前只告訴了她自己的字，卻未曾告訴她自己的大名，便笑著解釋道：「段衍之正是我啊！」

喬小扇有點不敢置信地上下打量了他幾眼，覺得很新奇，倒沒想到他平時看上去一副柔弱模樣，還能做出這樣的大氣之作來。

這樣的話當然是不能說的，喬小扇便好奇地問道：「衍之這個名字很好，相公為何會取個雲雨這樣的字？」這樣的字實在容易引人遐想，不過雲雨也有恩澤之意，看他這模樣，也不像是得到了什麼大恩澤的人，只那相貌，倒算是一件上天所賜的恩澤。

段衍之聽了她的問話，頗為溫柔嬌羞的一笑。「娘子有所不知，唔……其實我是想成為那種有雄才大略且翻手為雲、覆手為雨般氣勢之人。」

喬小扇驀地噎了一下，半晌之後，語帶感慨地道：「倒不知相公是這般風趣的。」

段衍之默默垂目，小聲而委屈地囁嚅道：「……我說的不是玩笑。」

喬小扇見他又露出這副柔弱模樣，相當無奈地移開了視線。「對了，不知相公可願與我一起去市集逛逛？正好你也可以與我說說你家中的情形。」

話音剛落，段衍之立即眼睛一亮。「哎呀，娘子怎知我喜歡逛街？如此甚好！請娘子稍候，我進去換個衣裳，馬上便出來。」

喬小扇還沒回答，他已經一陣風般興奮地去了屏風後面。

她皺著眉看向站在一邊默不作聲的巴烏。「你家公子一向都是有這麼多講究的？」

巴烏想了想，認真地回道：「公子說人靠衣裝，任何時候形象都是第一位的。」

「……原來如此。」喬小扇低頭看了看自己身上相當樸素的一身衣裳，大感慚愧。

沒一會兒，段衍之就換好衣裳出來了，喬小扇轉頭一看——

身著玄色華服，腰纏鑲玉綬帶，一路走來姿容秀美，簡直如同畫中走出的璧人，步步生蓮。不得不承認，這個相公的相貌氣質還是上乘的，只要不表現出那弱不禁風的一面，那便是千里難挑的人物。

喬小扇原先是想誇讚一、兩句的，但是她原就不擅長這嘴皮子上的功夫，加上段衍之又是一副十分期待加羞澀的表情看著她，讓她頓時就消了那興致。

段衍之倒也不在意，走到書桌邊取了已經乾透的扇子摺好，遞給了喬小扇。「娘子，這柄摺扇便送與妳吧，妳的名字不就是小扇嗎？」

喬小扇微怔，好半天才接了過來。仔細想想，長這麼大，除了鎮上賣肉的屠夫因為害怕她而在她買肉時多送過一塊豬肝之外，這還是她第一次正式收到別人送的東西。

段衍之見她表情雖然冷淡，但是一直盯著手中的扇子，看來自己還算是投其所好了。

臨走之際，段衍之將巴烏留了下來。

喬小扇還是第一次跟他獨處，頗有些不自然，兩人一路朝外走去，竟半天也沒有說一句話。

剛走到院門口，陸長風正從自己的屋子裡出來，看到兩人一同朝外走，似乎有些難以接受，好半天才回過了神，眼中對段衍之的惋惜沈痛不言而喻。

往市集而去的一段路幾乎沒有什麼行人，道路兩邊凌亂的生長著些樹木，因是冬日，如今只剩下了光禿禿的枝幹。喬小扇與段衍之一前一後地行走在路上，只有彼此的腳步聲清晰可聞。

意識到喬小扇生性安靜，走了一段路之後，終究還是由段衍之打破了沈默。

「娘子可願與我說說妳家中的情形？妳我成親有些日子了，彼此還不瞭解呢！」

喬小扇正好也想問他的事情，自己先說也是應該的，便點頭道：「我們這家裡你也看到了，我爹前年剛剛去世，如今家中就只剩我們三姊妹了，只是我疏於管教，以至於兩個妹妹居然做出了這樣的事情來……」

段衍之聽出她語氣裡的不自然，笑著岔開了話題。「那娘子妳砍人的那件事情不妨也與我說說吧！」

喬小扇看了看他，擔心他會跟那天似的嚇得臉色慘白，一時就沒作聲。

段衍之似乎看出了她的擔憂，趕緊露出一個溫和的笑容。「娘子不必介意，我只是覺得夫妻之間應當坦誠相對，我初來乍到，這些事情都還知道得不清楚呢！」

「你說的也對……」喬小扇轉頭盯著路邊蕭瑟的樹木，語氣有些壓抑。「只是我還是那句話，我要殺的是該殺之人，你只需知道我並不是什麼窮凶極惡之人便好。」

段衍之看著她的側臉，線條很柔和，不過唇線緊抿，又透露出一絲剛毅。

他垂眼想了想，又接著問了句。「那人如今還活著嗎？」

喬小扇微微一愣，卻沒有轉頭，好半天才點了一下頭。「還活著，若不是這樣，我也不會只是蹲兩年牢就出來。」

「那麼……那人可是與娘子妳有仇？」

喬小扇終於忍不住轉頭看向段衍之。「相公似乎對我砍人那件事尤為關心。」

段衍之泰然自若的一笑。「娘子此言差矣，只要是人都會對這樣的事情好奇的。」

喬小扇心想也是，這種事情發生在一個女子身上，的確是讓人覺得稀奇，不過她也的確不願說下去了。喬小刀還叫她要在他面前表現出一個女子的溫柔善良來，老是提這些，怎麼能溫柔善良得起來？

「相公不如與我說說你家中的事情吧。」

喬小扇既然轉移了話題，段衍之也就只好順著她的話回答。「喔，我家中也簡單得很，家住京城，如今家中只有祖父和母親尚還健在，不過母親對我實在嚴苛，許是覺得我不爭氣吧。」

說到這裡，他神情黯淡，又不經意露出那種柔弱的模樣來。

喬小扇心想：你這樣的確是會讓人覺得你不爭氣啊！

「好在家中日子過得富足，我又是家中獨子，是以母親雖對我有許多不滿，總還不至於將我攆出門去，但我也實在受不了那樣的日子，於是就從家裡逃了出來。」段衍之委屈地看向喬小扇。「娘子，妳說我是不是很可憐啊……」

喬小扇這才知道他居然是離家出走的，默默無言地點了點頭。

段衍之突然湊上前拽住她的袖子，喬小扇下意識的要退開，卻看他扯著自己的袖子抹起淚來，口中還絮絮叨叨著自己的不幸遭遇，一時也不好意思把他推開了，只是覺得自己的婆婆似乎是個厲害角色，居然能把她兒子弄得這般可憐。不過這樣一來，似乎短期內是不用回去拜會這位婆婆了。

等喬小扇想完這一圈後回過神來，就發現段衍之左手托著她的手腕，右手扯著她的袖口仍在不斷抹淚，不過那左手有意無意地扣在她腕上，如同在探尋她脈息一般。

她是習武之人，所以對這個動作十分敏感，可是剛想細查，卻又見段衍之抹完了淚收回了手，退到一邊去了。

喬小扇左看右看，覺得他實在不像個會武功的人，腳步也雜亂無章且有些虛浮，剛才那般應該是無心之舉罷了，於是也不再多想，繼續領著他朝前走去。

第四章

前面再走幾步已入市集，人聲鼎沸，好不熱鬧。

剛好快到午間，陽光溫暖，街邊的飯館酒肆開始飄散出陣陣香氣，沿街叫賣聲不斷，偶爾有小孩子們嬉笑著從街上跑過，一派和樂景象。

段衍之剛才低落的情緒又恢復了正常，加快步子朝前走去，竟把喬小扇給甩落了一段。

喬小扇也隨他去，自己跟在他身後不疾不徐的走著，耳邊卻傳來了沿街擺攤的鎮民們竊竊私語之聲——

「快看、快看，居然是喬家老大啊！前面那個神仙般的少爺，莫非就是她的相公？」

「嘖嘖，居然搶了個這麼標緻的相公啊！」

「看人家都把她一個人丟後面，似乎是怕她吧……」

「噓，少說兩句，她看過來了……」

這邊幾人討論聲還沒消停，突然就聽見前面的段衍之回身朝喬小扇高聲喚了一句——

「娘子，妳倒是快些啊！可是妳答應要帶我出來玩兒的啊，怎麼這麼慢呢？」

這話語氣中竟帶著一絲撒嬌，頓時讓四周的人包括喬小扇聽了之後都有了汗意。

鎮民們怎麼也沒想到這麼丰神俊朗的男子居然會對喬小扇撒嬌，這麼說來……難道兩人感情很好？

於是，下一個爆炸性的話題正在風中凌亂的鎮民之間悄然興起……

喬小扇其實早就不在乎周圍人的眼光了，但即使如此，眼前一個大男人臉上帶著那種膩歪的笑容朝自己招手，還是讓她覺得有點難以接受。她生平第一次覺得周圍的眼神讓她尷尬，只好快步走了過去，拖著段衍之就朝前走。

段衍之的手腕柔若無骨，喬小扇握住時只覺得背上又多了一層冷汗。

這是她的相公嗎？她怎麼覺得自己娶了個新媳婦兒似的。

兩人默默無語地在周圍鎮民們驚訝錯愕的眼神中一路往前走去，段衍之終於忍不住，小聲地提醒喬小扇——

「那個……娘子，咱們是來逛街的，這樣……是不是速度有點快了？」

喬小扇一愣，也是，既然是逛街，怎麼能拉著他就走？於是就鬆了手，示意他自己隨便逛，自己率先朝前走去，大有與他保持距離的意思。

段衍之也不介意，自己一路走一路看，很是逍遙自在。可惜他才走了幾步，便有一雙手擋在了他身前。

此時兩人已經出了市集最繁華的一段，周圍幾乎沒有什麼行人。

喬小扇原先還在信步慢走，忽然感到身後沒了動靜，轉頭看去，就見段衍之被一群面相兇惡的人包圍著，正縮在那兒瑟瑟發抖。

「娘、娘子，我遇到我的仇家了！」見喬小扇望了過來，段衍之吞了吞口水，吶吶地解釋了一句。

他的臉色白得嚇人，眼神從她身上掃過，又膽怯地落到圍著自己的那群人身上。

喬小扇愣了愣，趕緊上前，那群人見她走來，反而丟開段衍之，紛紛向她包抄了過來。

「相公，他們究竟是你什麼仇人？」喬小扇目光沈凝，被這麼多人圍住也毫不驚慌，聲調一如既往的平穩，只是一貫冷淡的神情此時更加冰冷，隱隱透出肅殺之氣。

「他、他們是我們來這裡時在路上遇到的……他們原想打劫我們，可是被巴烏打跑了，現在居然又遇上了，怎麼辦啊娘子？怎麼辦？」段衍之雖然脫了包圍圈，卻反而更加害怕，眼中霧氣升騰，竟似要落淚了一般。

喬小扇沒有理會他的囉嗦，細細地看了看那群人，一行七、八個人，穿著都很相似，行動整齊劃一，像是訓練有素，這樣的人會是強盜？

正在懷疑之際，那群人中的一個突然率先朝喬小扇襲了過來，行動極其迅速。

喬小扇沒想到他們如此明目張膽，還在市集上便這麼直接地撲了上來，一時來不及多想，身形一動便迎了上去。

好在這些人似乎也沒有帶著武器，所以喬小扇應付得還算輕鬆。

段衍之被這瞬間的變化嚇得差點站不穩，等好不容易凝神看去，就看到喬小扇身形如風，赤手空拳地招架起了那些人。

段衍之倒沒想到喬小扇的功夫這麼好，看她一介女流卻是深藏不露，不知道教她功夫的人是誰？所有招式都沒有太花俏的形式，只講究快和準，有很多甚至是一擊必殺的招數。

不過喬小扇並無殺心，只是想要將這些人逼退，所以又將這些招數舞弄得偏慢，與那些人周旋著。

那幾個人一時沒有搞清楚這情況，紛紛將視線投向段衍之，似在詢問。

段衍之朝幾人微微頷首，那些人得到指示，只好又繼續跟喬小扇奮戰。

大概又過了十幾個來回，喬小扇突然使出了一記很奇特的招式——

那幾人中的當先一人被她左手扣住左手腕，一推一拉，右手化掌為拳擊在那人右肩處，然後如願地傳出了一聲骨骼脫臼的聲音！

那人慘叫了一聲，立即向後仰倒，後面的幾個人趕緊接住他。

段衍之見狀，輕揮了一下手，所有人立即退走，十分乾脆迅速。

喬小扇剛剛收勢回身，就見到段衍之一副驚嘆加崇拜的表情盯著自己，不禁有些赧然，但這神情稍縱即逝。

「娘子，妳真是厲害！」

段衍之說著就要興奮地衝上去，喬小扇卻自己走回了他身邊，冷下臉看著他。

「相公與京城的定安侯有仇？」

「啊？」段衍之一驚。「什麼意思？」

「那些人的腰帶上繡著『定安侯府』的標誌，怎麼可能是搶劫你們的強盜？」喬小扇的臉色冷得可以滲出一層霜來。「相公，你是不是有什麼事情瞞著我？我這才想起來，定安侯似乎正是姓段。」

第五章

喬小扇覺得自己很大意，段衍之平時都著裝華貴，並且身邊還有個巴烏，那明明就是個蒙古勇士，能有這樣的人做隨從，她居然都沒有注意到他的身分。

與此同時，段衍之正在暗暗思索著要不要說實話？

見他遲疑不語，喬小扇忽然上前一步，一把扣住了他的肩胛，力道之大甚至讓骨骼發出了一聲脆響，段衍之頓時慘叫出聲。

「說！你究竟是誰？」

段衍之疼得臉色煞白，額頭浮出一層冷汗，口中只知道哀嚎，哪裡顧得上回話。

喬小扇眼珠一轉，乾脆伸手朝他懷中探去，不一會兒自他腰間摸出了一塊印章。她拿到眼前一看，頓時一驚，鬆開了扣住他的手。下一刻，人已經拜倒在地。「參見……世子。」

她以為段衍之姓段，最好的情形不過是跟定安侯有親戚關係，卻怎麼也沒想到他居然就是堂堂侯府世子。

那麼……她是搶了一個世子做丈夫了？喬小刀和喬小葉會不會因此而入獄？

喬小扇長這麼大，第一次覺得有點忐忑了。

段衍之好不容易從疼痛中回過魂來，一副受虐後的可憐相。見喬小扇跪在自己面前，手中還拿著印章，無奈地嘆了口氣。「其實我此次偷跑出來是為了逃婚，家裡這才派人出來尋我。我並非有意瞞著娘子妳，只是擔心說不清楚，反而有欺詐之嫌。」

喬小扇還未從驚愕中回過神來，聽到這話又有點暈了。真沒想到還有逃婚這一齣，那現在他算不算是先出狼洞，再入虎穴？

「娘子，妳不會因為我騙了妳就趕我走吧？」段衍之一邊揉肩膀，一邊示意她起身。

喬小扇起身之後仍有些怔忡。「算了，我們還是先回去吧，其他事情稍後再說。」她腦中已亂得如同一團漿糊，需要時間好好整理一下現在的狀況。

段衍之聽出她沒有趕自己走的意思，微微鬆了口氣，趕緊點了點頭，乖巧地跟在她的身後往回走。

這次真的是一路都沒再說過一句話了。

想起還有個妹夫，喬小扇覺得應該再去調查一下，好在她細想了一圈之後，實在沒有聽說過有哪位權貴是姓陸的，總算是吁了口氣。

兩人一回到喬家，就各自回了房。

段衍之進門之際看到守在房中的巴烏，微微一愣。「怎麼，有事？」

巴烏點點頭，走到他跟前，從懷裡取出一封信件遞給他。「公子，太子殿下的信件。」

段衍之聞言立即接了過來，拆開，迅速地瀏覽了一遍後，才微微吁了口氣。「還好沒有什麼大事，我還以為情況有變呢。」

巴烏有些好奇。「敢問公子，信中都提了些什麼？」

「首輔大人對我們離開京城有了懷疑，但好在我有個逃婚的理由做幌了，府裡又派了這麼多家丁出來追趕，應該還沒有露出馬腳。」

只是有利亦有弊，為了刻意讓首輔大人的人知道那些人是來自定安侯府的家丁，所有人都在腰帶上繡了定安侯府的字樣，卻不曾想被喬小扇給看出了端倪。段衍之對她如此通曉京城權貴們的姓氏倒是沒有想到。

巴烏走到門邊將門掩上，回到他跟前小聲道：「公子，我總覺得這次太子殿下叫我們查的事情有些棘手，畢竟牽扯到了首輔大人，若是因此連累了侯府，老侯爺和夫人可就真的要將您趕出家門去了。」

段衍之一聽，鬱悶地在桌邊坐了下來。「我何嘗不知？只是我自幼與太子一起長大，視他如同手足至親，現在他難得有求於我，我若不幫他，還有誰幫他？何況這次出來也能躲掉與表妹的婚事，我求之不得呢！」

「可是您現在也成親了啊！」巴烏好心提醒他。

「這親事做不得數的，喬小扇是強嫁於我的，何況她現在已經得知了我的真實身分了。」

「什麼?!」巴烏大驚。「她知道您的身分了?」

段衍之挑眉看著他。「這麼大驚小怪的做什麼?知道便知道了,她又不知道我是來查她的。」他悠悠然地給自己倒了杯茶,飲了一口後相當得意地道:「巴烏,今日我偶然試探了一下喬小扇,結果叫我發現了一件事情。」

「嗯?公子發現什麼了?」

段衍之眼中黑色漸漸加深。「喬小扇的功夫套路……看上去與大內侍衛似乎有些關聯。太子所言不虛,這個喬小扇的確有可能就是我們要找的人,有很大的可能。」

巴烏猶豫著問他。「公子可以確定嗎?太子殿下也只是懷疑而已,畢竟事情都過去這麼多年了。」

「太子說過,當初喬小扇要殺的可是首輔大人的人,一個平民女子何必去找官家的麻煩?其中定有隱情。」段衍之嘆了口氣。「只可惜喬小扇不肯多說那件事,我也無從得知具體細節。」

凡事只要牽扯到了朝中勢力就會變得複雜,更何況此事牽扯的還是當朝首輔胡寬。

胡寬與太子政見不合已經不是一日兩日,只要胡寬一日還是首輔,太子便覺得自己的東宮住得沒有安全感。如今叫段衍之查喬小扇則是因為她那次砍人牽扯出了一些陳年往事,而這事恰恰就與胡寬有關。難得有這樣的好機會,太子自然想要把胡寬連根拔起。

段衍之也知道胡寬為人不怎麼樣,但是叫他查探此事必定會惹來首輔與定安侯府結怨,他雖然很想幫助太子，卻也十分猶豫。

彼時正好家中催他成婚，甚至還打算把他那位表妹接來府中與他培養培養感情，段衍之大為窘迫無奈之下，只好答應了太子的請求，然後倉皇出逃，只對家中說自己要為太子辦事，並且還叫幾個家丁一直輪番追著自己，就是為了不引起首輔大人的懷疑。

好在太子還算講義氣，沒有為難他去正面與首輔大人對抗，只是叫他去查一名女子，說這個女子曾在兩年前試圖刺殺胡寬的一個得力幹將，很有可能與胡寬有仇。

今日這一番查探，倒是肯定了他的想法。這個喬小扇的武功路數既然與大內侍衛有關，還通曉朝中權貴姓氏，會不會真的與胡寬有什麼過節？也許該先查一查教她功夫的是不是某位大內高手。

想到這裡，段衍之走到書桌邊，提筆洋洋灑灑地給太子寫了封信。寫完後始終覺得不妥，他又用暗語重寫了一封，遞給了巴烏。「將這信件飛鴿傳書去京城侯府，讓祖父送交太子。」接著又拿起自己原來寫的那封信件也遞給了他。「至於這一封，送去京城尹家，交給尹大公子。」

巴烏點了點頭，出門辦事去了。

段衍之坐在桌邊思索著，若是喬小扇真的與胡寬有仇，自己跟她成了親，那豈不是還是跟胡寬明著作對？那還是會牽扯到侯府啊……

他皺了皺眉，要不到時候再逃一次婚？

正想著，門口突然傳來了喬小扇的聲音。

「相公，我有話對你說。」

「嗯？」段衍之回過神來，連忙站起身招呼。「娘子有話請進來說吧。」

喬小扇緩緩走了進來，在他面前站定，看了看他，猶豫了一瞬才道：「相公……不，世子，我想過了，以您的身分實在不能與我這樣的人成親，所以我還是送您回京城去吧。」

「什麼？」段衍之愣住。「妳要讓我走？」

喬小扇點了點頭。「事到如今，也只能如此。只求世子不要怪罪我兩個妹妹，她們並非有心作惡，只是為我這個做大姊的著想而已。」

段衍之聽完，笑著搖了搖頭。「娘子為了兩個妹妹作這個決定著實為難，若我走了，妳以後也不用指望嫁人了。」

喬小扇抿了抿唇。「無妨，我早已習慣孤身一人，世子無須多慮，我只希望我的家人能好好的。」

段衍之細細地看了看她的神色，忽而擺出了一副柔弱的神情，還不忘適時的揉著自己的肩頭，提醒她先前的暴行。「怎麼在娘子眼中，我就是如此暴戾之人嗎？我可沒有說要對兩個妹妹怎樣啊，娘子為何要狠心地將我趕走？」

他現在難得查出了一點端倪，居然要趕他走，這不是為難他嗎？

喬小扇有些無措地看著他。「我、我是送你走，不是趕你走。難道相公真的願意留在這裡？」

段衍之當即大力點頭。「當然願意了！回去還是要成親，我寧願留在這裡跟娘子在一起。」

喬小扇怔怔地看著他，半晌，輕垂眼簾，如萬年不變的滄海輕起波瀾，語氣裡透出一絲寂寥。「你還是第一個說想跟我在一起的人……」

第六章

無論如何，段衍之總算如願繼續在喬家留了下來。他特地囑咐喬小扇不要將自己的身分說出去，理由是擔心她兩個妹妹會因此而感到驚恐。喬小扇由此對他大為改觀，覺得他實在善良。

因為覺得段衍之善良，再加上他那顯赫的世子身分，喬小扇對段衍之的態度比之前好了許多，連同平日裡的飲食也大為提高，甚至還在閒暇時煮些蔘茶、雞湯什麼的給他，惹得喬小刀直呼自己的撮合起效了，而喬小葉就只有眼紅地看著。

陸長風也注意到了這些，心中大感不妙。他是心心念念都計劃著離開天水鎮的，但是以他被喬小葉一步不離地看守著的姿態來看，實在太過困難，因此他一直很想把段衍之給爭取過來，畢竟多個人就多個幫手。所以現在看到喬小扇與段衍之之間大有新婚燕爾、你儂我儂的意味，他便有些不安了。

時值夜晚，段衍之還沒睡，正在房中看書，忽然聽到有人敲門。他還以為是喬小扇又來送雞湯什麼的給他大飽口福了，頓時心情大好地跑去開門，誰知門一開就見一道人影快速地閃了進來，然後關門落閂，轉身朝他噓了一聲。

段衍之莫名其妙地看著來人。「恪敬兄，你大晚上的不睡覺，跑我這兒來做什麼？」

陸長風拉著他到桌邊坐下，似有些驚魂未定。「我好不容易才擺脫了喬小葉，你先別問這麼多，聽我說就行。」

段衍之見他這麼神秘，十分配合地點了點頭，聲音也跟著壓低了不少。「什麼事情？你說。」

陸長風稍稍沈吟了下後，神情嚴肅地看著他。「雲雨，我問你件事情，你可還想離開喬家？」

「嗯？」段衍之恍然。「原來你是為了這個來找我的！怎麼恪敬兄還是執意要離開？」

「當然。我離家多日，至今未歸，父母必定已經焦急萬分，豈能再作耽擱？」陸長風滿面愁容。「想我在外行走這麼多年，還是頭一次著了別人的道，怎麼也沒想到世上還有這樣的事情，這不是實打實的強行嫁娶嗎！」實在是因為注意著動靜，陸長風才沒太大聲，他一向脾氣溫和，就這件事情，實在是讓他忍無可忍。

「唔……」段衍之沈吟著道：「那恪敬兄想讓我做什麼呢？」

陸長風見他提到了正題，也不再拐彎抹角。「我是想問你還願不願意離開？如果願意，我們便一起走，待哪日她們三姊妹不注意，我們就離開。我與我的貼身小廝都不會武藝，但我看你的隨從似乎武藝高強，應該可以應付她們三姊妹的。」

段衍之咳了兩聲。「實不相瞞，那日我與我家娘子一起上街之時，偶然看到了她出手的場景，現在仔細想想，恐怕巴烏也不一定是她的對手。」

陸長風聽到他一口一個「我家娘子」，還說出這麼一件讓人沮喪的事來，頓時心中一沈，已經有些沒底了。但想到揚州家中還有許多事情等著自己去處理，母親又臥病在床，便又努力地試圖打動他。

「雲雨，你聽我說，大丈夫頂天立地，豈能被幾個女子困住……」

陸長風說到這句話時正好對上段衍之那線條柔美的臉，清澈如水的雙眸倒映燈火，瞳中含情，如一翦秋水……他揉了揉額角，突然很想收回剛才自己說的「大丈夫」那個詞。

「恪敬兄，你說啊，我聽著呢。」段衍之不知道他為何突然停下，反而催促他繼續說下去。

「呃，我是說……你應該娶自己想娶之人，而不是以這樣受脅迫的方式娶一個素未謀面的女子。何況我也聽說了，喬家在這裡可是一霸，尤其與你拜堂的喬家大姊，可是連殺人的事情都做過呢！」

陸長風的言辭相當懇切，段衍之覺得若不是自己有要事在身，真的就要被他說動了。

他摸了摸下巴，饒有趣味地看著陸長風。「恪敬兄，你的話很有道理，奈何我已經與她拜了堂，再怎麼樣也不能反悔了，不然才是真的不算大丈夫了。」

陸長風被他這話一噎，頓時無話可說了。

段衍之嘆了口氣。「你也不要如此排斥與喬家三姑娘的這樁親事，我看她對你很好嘛，每天都緊隨你之後，生怕你走丟了似的。」

陸長風無力地看著他。「她那是怕我逃走。」

「唔……你這麼說也對，可是那也證明她在乎你啊！」

知道已經說不通了，陸長風肅然起身看著他。「雲雨，你就直接告訴我，你可願跟我一起走？」

段衍之這邊還沒回答，只聽到外面傳來一陣輕響，似有什麼人摔倒了一般。

兩人一愣，段衍之已經走過去打開了門，只見喬小扇一手端著茶盅，一手正在撫著胸前的衣裳，衣裳上面還有湯漬。

見到段衍之開了門，喬小扇有些尷尬地看了看他。「沒事，剛才沒有端穩，湯灑了一些出來而已。」

段衍之微微一笑。「娘子是聽到什麼了吧？」他轉頭去看陸長風，果然見他已經變了臉色。

喬小扇不好意思地咳了一聲。「是聽到了一些……我只是來送湯的，你們繼續聊，我這就走了。」

段衍之看出她神色間的不自然，忍不住有些疑惑。「娘子妳怎麼了？是不是不舒服？」

喬小扇趕緊搖頭。「沒有、沒有，我好得很，這便回去了。」說完看了看陸長風的神色，轉身就要走。

陸長風哼了一聲。「不用了，我看是我打擾了二位，還是我走比較合適！」他剛才見到段衍之對喬小扇表現出那副關切的模樣，就已經知曉他是不可能跟自己走了，這麼一想，自然憋悶，心情大為低落，連帶著說話也沒了好口氣。

喬小扇和段衍之都沒想到他會突然口氣生硬地說出這麼一番話來，一下子也不知道該作何回應，陸長風已經大步越過門邊的兩人離去了。

喬小扇看著陸長風的背影融入夜色中，轉頭看向段衍之，臉上神情十分古怪。「妹夫似乎很不高興我出現在這裡……」

段衍之點了點頭。「可不是，剛才他還要我跟他一起走呢，不曾想恰巧被妳聽到，自然是不高興了。」

喬小扇把湯端進了房內，聽到段衍之的話，臉上又露出那抹不自然的神情來。她剛才在門外的確是已經聽到了陸長風說的最後那句話，自然知道他要跟段衍之一起走的意圖，不過也正因為這點，才讓她嚇得把湯都潑了。

大晚上的，陸長風跑來找段衍之，說的話還這般……不是她多心，她知道很多京城的豪門世家子弟都有些特殊的癖好，段衍之這樣的身分，應該也不會例外，何況陸長風面貌俊秀，怎麼看都是討人喜歡的類型。

段衍之見喬小扇臉上神情有異，忍不住一陣奇怪。「娘子，妳怎麼了這是？」

「喔，沒事，沒事。」

喬小扇趕緊要走，卻被段衍之攔下。「娘子，妳連我的真實身分都知道了，也該對我坦誠點不是？否則也太傷害我了。」他現在可是時時刻刻都盯著她的，見到她有異常自然不會輕易放過。

眼看著段衍之又要擺出那副委屈柔弱的表情來，喬小扇只好趕緊抬手打住。「好，好，我說就是了。」她尷尬地看了看他，支吾著道：「我想……京城世家子弟都是這樣的，相公這麼晚與妹夫獨處一室，還說出那樣的話來……也、也是正常。」

「嗯？」段衍之先是一愣，隨即便明白了喬小扇話中的意思，她是在說他跟陸長風……

段衍之忍不住一陣猛咳，半晌才撫著胸口怏怏地看著喬小扇。「娘子，妳這麼說，讓身為世家子弟的我壓力很大……」

喬小扇訕訕一笑，朝門邊退去。「相公不必隱瞞，世家子弟大多都好男風，這個很正常，很正常……」

段衍之看著她消失在夜色中的身影，無奈地抽了抽嘴角。他像是好男風的人嗎？

正好巴烏從外面腳步急切地走了過來，看到段衍之一臉異樣地杵在門口，不禁有些奇怪。

「公子，您怎麼了？」

「巴烏，你家公子像是……好男風的人嗎？」

巴烏一愣，垂著頭、擰著眉，認真地想了想，然後朝他堅定地點了點頭。「公子，您如今這模樣，的確是很像啊！對了，這段時間我還看到陸公子時不時地盯著您看，那眼神……那神情……總之急切中帶著一絲期待，期待中帶著一絲急切……」

段衍之揮了一下手。「算了。」他朝天翻了個白眼。「有什麼事情快點說吧，先前的話就當我沒問過。」

巴烏點頭稱是，進屋掩門，湊近他低語：「多虧公子有所準備，那封暗信果然被截了。」

段衍之皺了皺眉。「那尹大公子那邊呢？」

巴烏湊近他耳邊低語了幾句，段衍之臉上的神情瞬間變得很是豐富。

第七章

一大早，冬日的第一縷陽光灑入喬家院落中時，喬小扇已經起身了，這是多年來養成的習慣。其實以前起得還要早，因為要練功，這些日子倒是荒廢了。

喬家院門外站著個青衫小廝，正朝院中探頭探腦，似乎等候許久了，不停地搓手跺腳給自己取暖。見到有人露面，小廝精神一振，趕忙朝她行了一禮，極有教養。「不知這裡可是喬家？我家大少爺讓我來找位姓段的公子。」

喬小扇心中一緊，下意識地就問道：「莫非……你是從京城來的？」

「正是，姑娘好眼力。」

喬小扇輕輕蹙眉，心中已然感到不妙。從京城來的，還是找段衍之，難道是侯府的人？那喬家不是要倒楣了？

她這一遲疑，對方已經有些不耐了。「不知府上可有這位段衍之段公子？我家大少爺說有重要的口信要及時送到，否則我也很難交差。」

喬小扇最看不得別人為難，此時雖然覺得不妙，還是點了點頭。「請稍候，我這就去喚他，他還沒起身呢。」

正說著，巴烏從她身後走了過來。「喬姑娘，可是有人找我家公子？」

喬小扇明白過來，原來段衍之是知道有人來找他的。她當然管不著世子的事情，便朝巴烏點了點頭。

巴烏領著那青衫小廝朝段衍之的房門口而去，喬小扇一時好奇，就站在不遠處看著。

只見巴烏似乎想叫他進去，那小廝卻說什麼也不肯進去，反而清了清嗓子，站在段衍之的門口就嚷開了——

「我家大少爺讓我捎口信給段公子——」

話音未落，房門已經打開了來，段衍之一邊整著衣裳，一邊皺著眉看著門口的人。「一大早的，做什麼不進來說，要在門口嚷嚷？你是誰家的小廝？」

小廝不卑不亢地看了看他，繼續先前被打斷的話。「小的是尹府家丁，我家大少爺讓小的捎口信給您，請段大公子以後沒事便不要去找他，不是，是有事也不要去找他，他事務繁忙，實在沒有閒暇處理段大公子的破事。還有，他說他早已與您一刀兩斷，還請段大公子自重，千萬不要再出現在他面前。」

清清楚楚地說完這話之後，小廝朝他拱手彎腰行了一個大禮。「還請段公子見諒，這些話都是我家大少爺的原話，並非是小的有意冒犯。既然小的已經傳完話，那便告辭了。」

喬小扇目瞪口呆地看著小廝離開，再轉頭去看段衍之的神情，果不其然一陣青白交替，好不精彩。那身上的衣裳原先就沒有整好，現在乾脆就半敞開來，不過可能是太生氣了，段衍之居然沒有發覺，這大冬天的竟也不覺得冷。

喬小扇搖了搖頭，心想這人也是，好男風便罷了，何苦惹下這麼多風流債來，這下弄得人家上門來給他臉色看，實在是不值啊！

段衍之朝巴烏使了個眼色，巴烏憑著多年跟隨他的默契，當即明白過來這是叫他去跟著那青衫小廝，立即就轉身追出去了。

喬小扇沒有注意到他們主僕間的交流，走到段衍之跟前，抬手替他整衣裳。

段衍之微微一愣，垂眼看著喬小扇的眉眼，陽光剛好跳躍在她烏黑的髮間，落在她光潔的側臉上，雕琢出一幅溫潤的畫面。

這明明是個溫和如水的良家女子，因何會去砍人？真是怎麼也讓人想不到。他的視線落在她為自己整衣裳的手指上，修長有力，靈活無比。就是這樣一雙手支撐起了一個喬家。

段衍之第一次有點佩服一個女子。

喬小扇給他整好了衣裳，抬頭看他。「相公平日裡有人伺候慣了，如今在這裡真是受委屈了。冬日裡衣裳若不仔細穿好可是要受涼的，以後還需多注意些才好。」她猶豫了一下，又道：「若是相公覺得在外不習慣，不如……我還是送你回京城去吧。」

「娘子，妳怎麼又說這話了？」喬小扇的話剛說完，段衍之就露出一副泫然欲泣的模樣。

「娘子把我照顧得這麼好，怎會不習慣呢？我已經很滿足了。」

段衍之這話說得倒是真心實意，如今喬小扇對他真的是沒話說了。

喬小扇最頭疼的莫過於見到他這嬌滴滴的模樣，只不過現在知道了他是世子，已經不能再像以前那樣轉頭就走，只好敷衍地點了點頭，說了聲自己還要做飯便趕緊離開了。

段衍之在她身後看著她的背影，嘴角牽出一抹淡淡的笑意。除去砍人那件事來說，他發現喬小扇有時候其實還是挺可愛的。

在院中等了不久，巴烏就回來了。喬小扇走出廚房時便看到段衍之跟巴烏一起走出了院子。她的耳力極好，只聽到巴烏邊走邊跟他說到什麼「尹大公子」，心中就料定必然是先前派人來傳話的那位尹家的大少爺了。

喬小扇心中猶豫，身為侯府世子，段衍之的情事她是不該插手的，但是現在畢竟是在天水鎮，看段衍之這找上門去的架勢，若是出了什麼事情，將來侯府要是追究起來可就麻煩了。她思慮再三，還是決定跟去看看。

段衍之在巴烏的帶領下，一路往天水鎮市集而去，快到目的地時，他有些不確定地問巴烏。

「你真的是在這大街上見到尹大公子的？」

巴烏堅定地點頭。「我豈敢欺騙公子？我一路跟著那小廝到了這裡，就在前面的客棧門口。」

段衍之微微疑惑，他怎麼會出現在這裡？難道是為了信中的事特地來找他的？原先看那青衫小廝來去迅速，料定他本人該在這附近，卻不曾想巴烏探來的消息說他就在天水鎮，這可真是叫人意外。

說話間，兩人已經走入剛剛開始喧鬧的市集。

天水鎮最好的客棧門口，一輛馬車正在裝著大包小包的東西，似乎正準備離開，段衍之一眼看到正欲登上馬車的那人，嘴角勾起一抹笑容，朗聲開口道：「喲！墨子，這就要走了？」

那人的身形驀地頓住，慢慢收回腳下了車，轉身站定，朝他看來。一襲白衣，身形挺拔，眉眼俊逸非常，不過看向他的眼神實在沒有什麼熱情可言。

段衍之示意巴烏等在原地，自己大步走了過去，臉上的笑容越發明顯。「許久未見，怎麼才剛見就要走呢？」

「沒想到在這裡還能遇到段公子，真是人生何處不相逢啊！」白衣男子冷冷地掃了他一眼。「不過還請段公子稱我一聲尹大公子或者直接喚我尹子墨也行，你這麼叫我的小名，不知道的人還以為你我有多熟稔呢！」

段衍之咳了兩聲，湊近他低語。「好了，以前整過你是我不對，但是現在難得我們能在這小鎮相遇，實是有緣，你又何必急著走？何況我還有事要請你幫忙呢！」

尹子墨聞言，眼神上下打量了他一遍，似在考慮，許久才淡笑了一下，抱起胳膊好整以暇地盯著他。「也罷，我便聽聽你如何說。」

段衍之左右看了看，走上前，湊到他耳邊低語了一陣。

尹子墨聽完後，眼中光芒沈沈浮浮，微微透出一絲狡黠，沈思了一番才道：「幫你也行，不過你也要幫我一件事。」

「什麼？」

尹子墨輕笑。「聽聞與你一同被劫的，還有個叫陸長風的人？」

喬小扇趕到之時，一眼便看到巴烏守在鎮上最好的客棧門口，旁邊停著一輛馬車，段衍之正與一名白衣男子相對站在馬車邊談話，想必正是那位尹家大公子。

沒一會兒，談話便結束了，白衣男子朝段衍之點了點頭便上車離去。喬小扇在遠處看得真切，段衍之目送馬車離開時那悵然若失的神情著實讓她的心揪了一把。

她自問不是情感多豐富的人，見到此情此景還是不甚唏噓。好在兩人剛才沒有起什麼衝突，不然她還真擔心他這身板會受傷什麼的。

段衍之轉身朝她的方向走來，看到她在，微微一愣，臉上又堆滿了笑容。「娘子怎麼來了？」

喬小扇張了張嘴，半晌才擠出一句話來，臉上的神情帶著莫大的安撫。「相公，過去的都過去了，不必掛懷，以後你會遇上珍惜你的人的。」

「啊？」段衍之和一邊的巴烏都一臉莫名其妙的神情看著她。

這……都什麼跟什麼啊？

第八章

在喬家的日子一如既往的平淡如水。午間陽光普照，喬家的四方院子裡滿滿的盛滿了陽光，陸長風搬了個椅子坐在房外簷下，邊曬太陽邊手執一卷帳冊細細看著，金九端著筆墨伺候在側，供他隨時記錄之用。四周安靜得很，陸長風獨坐於此，甚為安逸。

喬小葉正好過來找他，一眼看到他那閒適自在的模樣，心裡頓時禁不住一陣心動。這個男子真是什麼時候都氣質無雙，即使見了這麼多次還是叫她臉紅耳熱。

她轉身回房，沏了杯熱茶端到了他跟前，笑得溫柔靦覥。「相公，請用口茶吧。」

陸長風的思緒正沈浸在帳冊裡，猛地聽到她的聲音，眉頭瞬間皺緊，抬眼掃了她一眼，語帶不耐。「三姑娘不必如此多禮，我自有金九伺候。」

話已經說到了這個分上，尋常女子早就尷尬地掉頭就走了，奈何喬小葉關鍵時刻偏偏如同她二姊喬小刀一樣遲鈍，可能也是這些日子受打擊多了，竟然面不改色，只是乖巧地點了點頭便把茶端走了。

金九看到自家少爺面色不善，好心勸他。「大少爺，好歹也是個姑娘家，您也不要說話那麼不近人情呀！」

「我自然不願這樣，只是她越是這樣，我越要讓她趁早死心。」陸長風按了按眉心，嘆了口氣。「究竟什麼時候才能回揚州去？也不知道娘的身子怎麼樣了，爹一向對她不管不顧，我真是擔心。」

金九聽到這話，臉上也露出了一絲焦急之色。揚州家中諸事都指望著大少爺一人，如今他久未歸家，許多事情找不到主事的人，必定早已亂成一團了。他想了想，給陸長風出主意道：「要不大少爺就乾脆答應了喬家大姊的條件，把三姑娘帶回揚州去就得了，在哪裡都是斷了她的念想，回揚州也行啊！」

「那怎麼行？」陸長風的語氣變得肅然。「她畢竟是個姑娘家，帶回揚州，我與她的名分就坐實了，叫她以後還如何嫁人？」

金九小聲地囁嚅道：「現在跟她斷了，她也不見得就還能嫁人啊……」

陸長風掃了他一眼，金九便不敢作聲了。

過了一會兒，陸長風突然問道：「對了，上次我相中的那支簪子，你可叫人寄去給七妹了？」

金九想了想，「哎呀」叫了一聲，赧然地看著他。「大少爺恕罪，我給忙忘了。」

陸長風無奈地搖了搖頭。「你能忙什麼？不就幫喬家大姊做些雜事嗎？怎麼這件事情都給忘了？」

金九溫吞地道：「尹家什麼都有，七小姐哪裡會缺一支簪子呢？大少爺何必這麼費心。」

陸長風臉色一變，似要動怒，但終究還是沒有發作，半晌只是低聲道：「尹家的是尹家的，我送的是我送的，怎麼會一樣？」

他的身後，剛剛返回的喬小葉一臉古怪地盯著陸長風的背影，心裡有些不是滋味。他對自己的妹妹那麼好，怎麼就不能對自己好一點兒呢？

正對著陸長風方向的廂房窗口邊，段衍之坐在書桌邊，單手托腮，看著外面的陸長風，表情甚為苦惱。

「公子，您從剛才就一直盯著外面的陸公子在看，到底在看什麼啊？」站在一邊的巴烏早就好奇了，此時終於忍無可忍地問了出來。

「唉，我是在看恪敬兄跟喬三姑娘有沒有可能啊。」

巴烏來了興致。「那公子看出結果來了？」

段衍之有些無奈。「看我這麼煩悶也該知道結果了，恪敬兄根本就不想接受她啊！」

巴烏撓了撓頭，有點莫名其妙。「公子，您又不是媒婆，何必管人家的閒事？」

段衍之的神情更加頹然。「我現在就是要做個媒婆啊……」

「啊？為何？」

「因為那不給面子的尹子墨偏生叫我攬下了這差事。」

段衍之也是無奈才會找尹子墨幫忙，說起來兩人都有兩、三年未曾聯繫過了。如今這件事情實在不便動用侯府勢力，而尹家是天下首富，只有像尹子墨這樣有財勢、有地位還不相關的人才能幫他。至於尹子墨為何一定要他做這事兒，他還真不清楚。

段衍之往後仰倒，頹然地靠在椅背上。「巴烏啊，你家公子實在是個勞碌命，一會兒是太子，一會兒是尹子墨，成天不是被使喚來就是被使喚去，你看看我是不是憔悴消瘦了？」

巴烏上前仔仔細細地看了看他的臉色後，搖了搖頭。「公子，最近喬姑娘一直給您進補，我看您不僅沒有瘦，似乎還胖了點。」

段衍之受他提醒，猛地站起身來。差點忘了還有個幫手呢！喬小扇這麼關心她妹子的親事，定然會希望恪敬兒和三姑娘在一起，找她幫忙就行了！

段衍之的房中，喬小扇與段衍之相對坐著，巴烏站在一邊，三人皆聚精會神，苦思冥想，只為了如何撮合喬小葉與陸長風。

喬小扇率先對陸長風的背景做了解釋。「我之前倒是查過陸家，說起來陸家在揚州是一方地主富戶，陸長風又是嫡長子，小葉的確是有些高攀了，但總還不至於是天壤之別。」

段衍之聽出了她的弦外之音，她是說陸長風跟喬小葉之間的差距絕對要比她跟自己之間的差距小得多。

他輕咳了一聲，嘆息道：「要怎麼撮合，的確是個難題。」難就難在陸長風到底怎樣才能接受喬小葉？

喬小扇聽了也有些氣餒。她倒是查了陸長風的背景，但她沒有揚州的人脈，消息都是從金九那裡得來的。

按照金九的說法，陸長風也沒有訂親，也沒有什麼心上人，到底是因何不肯接受喬小葉呢？她自問這個三妹相貌還是不錯的，脾氣也還可以，雖然有時自詡聰明，有些不靠譜，卻也不笨，到底是哪點讓陸長風看不上眼呢？

她這邊正思考著，段衍之也想到了這點。「不知道恪敬兄可有心上人？若是那樣就難辦了。」

喬小扇搖頭否認。「聽金九說，他除了跟自己七妹走得較近之外，根本不與其他女子多接觸，怎會有心上人呢？」

段衍之眉頭一挑。「他的七妹？嫁去京城尹家的那個？」

喬小扇點頭。「相公知道？」

「那日見到的尹大公子，娘子可還記得？我這才記起，他的娘子便是出身揚州陸家。」

喬小扇恍然。「世上竟有這麼巧的事情。」

段衍之輕輕勾唇。「可不是？」難怪尹子墨會叫他做這個媒人，原來陸長風是他的大舅子，他倒是關心這個大哥的終身大事。

兩人正在思索之際，一邊聽了半天總算聽明白大概的巴烏插嘴道：「既然公子只是想讓陸公子接受三姑娘，又何必管那些事情，只需製造些機會便好了啊！」

段衍之眼睛一亮。「你有法子？」

巴烏驕傲地昂了昂頭。「當然！」

第九章

巴烏是蒙古人，蒙古族的姑娘家豪爽大氣，最喜歡有英雄氣概的男子，若是有什麼英雄救美的事情發生在她們身上，那可真是叫她們比吃了蜜還甜。照巴烏的理解，巾原女子也不例外，反之用在男子身上亦可。所以他的辦法就是：美人救英雄。

他的話剛說完，段衍之就笑著拍了一下手。「不錯，以前在京城帶你看了那麼多戲，倒叫你學會舉一反三了。」

喬小扇垂眼想了想。「以前聽我爹說，人在生死關頭才會明白情意貴重。既然巴烏說要美女救英雄，我們不妨給他們製造點麻煩好了，屆時再讓小葉出面救出妹夫，這麼一來，妹夫必定會對她心生感激的。」

段衍之點頭。「那不如我們給恪敬兄弄個刺客出來，然後讓三妹去救他。卻不知道三妹武功如何？」

喬小扇乾咳一聲。「很不好。」

「呃……」段衍之失笑，微微思索了一番又道：「不好更好，那樣她奮不顧身地去救恪敬兄才更顯得對他情深意重呢！」

他說的也有些道理，喬小扇於是點頭道：「那倒是可以試試，不過刺客要上哪裡找呢？」

段衍之含笑上下看了她一圈。「我看娘子妳武藝高強，甚為適合假扮刺客。」

喬小扇一愣。「我？」

段衍之篤定地點了點頭。「娘子妳出手也有數，不然真的把三妹傷重了可怎麼好？」他轉頭對巴烏吩咐道：「你且去準備一下，需要什麼行頭都置辦齊了。」

巴烏應下，出門準備去了。

喬小扇有些吶吶地道：「我可還沒有答應呢。」

「娘子，這是好事，妳身為大姊，出些力也是應該啊！」

段衍之一對喬小扇擺出那副膩歪的表情，她便無法招架，只好點了點頭，算是同意了。正打算回去準備一番時，段衍之又叫住了她。

他從懷裡摸出一塊玉珮遞給她。「娘子，妳我成親至今，我連個聘禮也沒有出過，這塊玉珮不值什麼錢，一直帶在身上也是累贅，娘子不妨拿去當了，算是一點彩禮，將來我再把剩下的補足。」

喬小扇怔怔地看著他。「相公你……」她強嫁於他，怎還有臉面跟他要彩禮，這話從何說起？

段衍之笑了笑，執起她的手，將玉珮塞入她手中。「這是自古以來的禮節，娘子千萬不要拒絕。」

玉珮觸手滑潤，定是上品，這樣的東西怎麼可能不值什麼錢？喬小扇雖然平時沈悶，心眼卻不少，仔細一想也反應了過來，他這是想要給她補貼家用吧？只是怕直接給錢會傷了她的臉面，才用了玉珮作為彩禮的說法，而且話已說到這分上，讓她也無法推辭。

喬小扇抬眼看了看段衍之，那張臉一如既往的帶著溫和的笑意，暖得沁人心脾。

「相公的好意我收下了，定當好好珍藏。」喬小扇雖然面容依舊沈靜，說出的話語氣卻不自覺的柔和了許多。這一片心意，怎能就此當掉？

段衍之也知道她的意思，微微一笑，不置可否。待目送著她離開，才淡笑著搖了搖頭。「聰慧過人，冷靜自持，果然不是尋常女子……」

天水鎮往南一里有處林子，緊挨著一座小山頭，冬日裡萬物凋敝，這裡竟難得的還有些殘存的綠意，景色倒也不錯。

不過對於段衍之和喬小扇這兩個急於促成陸長風和喬小葉好事的謀劃者來說，景色什麼的倒不重要，此地的好處就是僻靜、隱蔽，利於行事。

午後起了些風，陽光卻還是很溫暖。段衍之引著陸長風一路往林中而來，衣帶當風，一路行來頗具風致。

「若是春日，萬物齊發，此處必定美不勝收，恪敬兄以為如何？」

陸長風對上段衍之的笑臉，皺了皺眉。「雲雨，有什麼事情非要到這裡來說，還不能帶上隨從？」

「自然是需要保密的事情了。」段衍之引著陸長風踏入林中，鞋底踩在厚厚的積葉上，發出咯吱咯吱的響聲。走到一棵樹下站定，他轉頭對陸長風道：「恪敬兄，你上次不是問我是否還願意跟你一起離開喬家嗎？」

陸長風眼睛一亮，上前一步。「莫非你……」

段衍之含笑點了點頭。「恪敬兄心繫令堂，歸心似箭，這份孝心著實令我感動，不幫上一幫實在是說不過去。」

陸長風此時已經欣喜得說不出話來，面前立於斑駁光影下的男子在他眼裡看來竟是別具風采。

「雲雨，大恩不言謝，待我、待我回到揚州……一定重謝！」

段衍之對他言辭裡的激動感到有些好笑，視線往四下掃了一圈，待看到不遠處的樹幹後藏匿著的兩道身影，唇邊不禁漾出一抹笑意。

「對了，恪敬兄這段時日與三姑娘相處得如何？若是回揚州去，可願帶她一起回去？」

「雲雨怎會提起她來？」陸長風蹙眉。「若是回去，自然是我一人回去，難道你不是這個意思？」

段衍之搖頭輕嘆。「我看她對你倒是真心實意，你這些日子可從未給過她好臉色，她卻一直對你笑臉相迎，光從這點來看，你也算是有負於她了。」

陸長風微微一愣，垂眼不語。段衍之說的不錯，喬小葉除去強搶了他回去之外，對他倒真的很好。話說回來，今日跟著段衍之一路出來到這裡，竟然沒有被她跟著，還真有些意外。這段日子喬小葉有事沒事總喜歡在他眼前轉悠，乍一消失，反倒有些不習慣了。

段衍之見他這副神情，心中確定時候到了，便悄悄抬手朝遠處樹後一直盯著這裡的黑色身影揮了一下。

「嗯？什麼聲音？」四周突來的一陣響動讓陸長風有些驚訝，忍不住抬頭四下查看起來。

「哎呀！」段衍之驚呼一聲。「我忘了，這裡據說不是很太平，時常有打家劫舍的強盜匪徒出沒呢！我家娘子還警告過我，我只當是她怕我逃走，故意嚇唬我而已，卻不曾想竟是真的！」

不過是有些響動，陸長風卻怎麼也沒想到會聽見段衍之說出這麼一番話來，偏偏他語氣又這麼認真，叫他不自覺地跟著緊張了起來。「既然這樣，那我們快些離開吧！」

陸長風剛說要走，身後疾風驟至，他轉身看去，一道黑色人影已經迅速地朝他襲來。一隻手在他身後猛地拉了他一把，陸長風險險地躲開那人的掌風，這才看清眼前襲擊自己的是個一身夜行衣的蒙面人，若不是剛才段衍之拉了他一把，自己恐怕已經受傷了。

段衍之反應極快，拉著他就朝外跑，身後的黑衣人窮追不捨。快出林子時，段衍之將陸長風往右邊一推，急急忙忙地喊了一聲：「分開跑！」自己便朝左邊跑去了。

這種情況下，陸長風也來不及多想，下意識地就照他說的往右邊跑去。然而很快他就聽到了身後有人追來的腳步聲，快速無比，讓他心中猛地一緊。

「相公！」

突如其來的喚聲讓陸長風腳步一頓，抬眼看去，迎面跑來的居然是喬小葉。他轉頭看了一眼，身後的黑衣人手中不知何時已經多出一柄匕首，正迅速地朝他的方向掠來！

「快走！」

陸長風朝她喊了一聲，加快速度朝她那邊跑去，身後的人卻速度更快，刀鋒將至，喬小葉迅速地躍上前來，用手臂格擋開了襲擊，利刃剛好劃過她的肘邊，帶出一道口子，鮮血一下子就染紅了衣袖。

黑衣人被她這麼一擋，阻止了來勢，喬小葉上前揮掌，黑衣人猝不及防，竟被她逼退了幾步。而後兩人對視了一眼，喬小葉眨了眨眼，黑衣人悄然退走。

這一系列的動作都在瞬間完成，陸長風尚未回過神來，就見喬小葉轉頭柔聲喚了他一聲「相公」後，便軟軟地倒了下去。

陸長風大驚失色，趕緊上前扶起她。「三姑娘！妳沒事吧？」

喬小葉雙眼緊閉，臉色蒼白，受傷的手臂還在不斷地湧出血來，顯然已經昏迷。陸長風心中一陣慌亂，根本來不及思考，隨意地從衣裳下襬扯了一段布給她簡單地包紮了一下傷口後，抱起她就往鎮上跑去，他得盡快給她找個大夫！

陸長風離開後沒多久，樹林裡一棵大樹後，兩人湊在一起低語。

「娘子，妳剛才是不是出手太重了？我看三妹似乎流了不少血啊！」

「沒有吧？我並未下重手啊！」

「唔……妳確定？我還以為妳對她做的錯事還有點氣憤，所以忍不住用力了一點。」

「……那個，一點點吧。」

「……」

話音未落，風聲乍起，身後有細微的響動傳來，像是有什麼人正在迅速靠近。喬小扇心中一驚，警覺地站直了身子，剛要回頭，一柄金黃色的彎刀驀地搭在了她的頸邊！

她身邊的段衍之感到異樣，直身轉頭一看，頓時愣在當場。

第十章

這世上最倒楣的事情莫過於扮鬼還真的就遇到了鬼。段衍之和喬小扇此時便是這般情形。

喬小扇身後的人是個年紀三十開外的男子，一身黑色勁裝，頭髮蓬亂，一臉的絡腮鬍子，相貌普通得幾乎讓人看過就忘，只是臉上從左眼角至右臉頰向下蜿蜒著一道極長的刀疤，猙獰醒目，十分駭人。

他手裡的金黃色彎刀形如彎月，此時正半環於喬小扇的脖頸間，在斑駁的陽光下泛出森森寒氣。

「閣下是何人？因、因何用刀架著我家娘子？」

剛才兩人都關注著前面，誰也沒有注意到身後。段衍之心中多少有些數，此人行動迅速詭譎，必定是刺客。尤其是他的輕功，竟能神不知、鬼不覺地來到兩人身後，可見身手不凡。只不過一時摸不清底細，他只好主動示弱，以一副膽顫心驚的模樣怯怯地看著那男子。

然而那男子卻只是輕描淡寫地掃了他一眼便移開了視線，繼續專心致志地盯著眼前喬小扇的背影。

喬小扇無法回身，卻用眼神示意段衍之躲開些，她整個身子都處於緊繃狀態，雖然臉上神色一如既往的平靜，給人的感覺卻好似隨時都會掀起一陣狂瀾來。

段衍之是見過她的功夫的，這個時候雖然有些險，但自己在這裡只會讓她無法專心，便照她的意思往後退了幾步，然而他這一退卻，那面目猙獰的男子便向他投來了一道極為輕蔑的目光，顯然對他的行為十分的鄙夷。

段衍之邊退邊戰戰兢兢地道：「閣下切莫錯傷了好人，我家娘子雖然身著夜行衣，卻並非真正的惡人啊！」

男子斜睨了他一眼，毫不理會他的話，轉頭問喬小扇。「可是喬家老大喬小扇？」

「閣下必然是一路跟隨我至此，何必問這些多餘的話。」喬小扇的話冷若寒冰，整個人都散發出一股危險冷冽的氣息。

「在下只是不想殺錯了人，既然姑娘已經承認身分，那在下便不客氣了！」

男子的聲音粗啞低沈，說到最後一個字時，語調猛地一收，手腕輕動，刀鋒以篤定的勢子直往她喉間劃去。

喬小扇並非平庸之輩，這電光石火間，她的脖子隨著刀口移動的軌跡輕移寸許，右手疾抬，手中的匕首劃向男子持刀的手腕，男子被她這舉動逼迫得手腕微微移開寸許，她便正好側頭險險地避開了刀口，上身向左側翻倒，整個人退出了受他箝制的圈子，只是手臂來不及收回，終究還是受了那餘力不減的一刀。

金色彎刀極其鋒利，喬小扇的右臂被劃了一道數寸長的口子，鮮血淋漓，比先前喬小葉的傷勢不知道駭人多少。

段衍之見到，心中猛地一沈，已經察覺到不妙。剛才若不是喬小扇身段柔軟，躲避及時，此時恐怕已經命喪當場了。

這個手持金色彎刀的男子他雖從未見過，但觀其相貌特徵和手中彎刀，應該就是江湖上有名的殺手金刀客。聽說他只為京中權貴賣命，若真的是他，那必定是朝中的人派他來的。

那刺客因喬小扇避開的舉動而明顯顯露了怒意，手中彎刀揮舞，飛快地襲了過去，動作如同猛虎下山，凌厲迅捷，誓要一擊必殺。喬小扇赤手中不過一柄匕首，又受了傷，只可守不可攻，且戰且退，明顯處於下風。

段衍之心中焦急，喬小扇是斷然不能出事的。他盯著喬小扇漸漸放緩的動作，看著她的臉越發蒼白，心中隱隱生出一絲不安來。這個女子還是第一次在他面前顯露這樣的狼狽之態，顯然已無法撐太久。沒想到這個刺客的武藝竟還在喬小扇之上。

段衍之的眼睛掃過四周，右手袖間滑出一枚暗器落入掌中，思索著怎樣行動才能不暴露自己的實力，那邊的喬小扇卻在這一遲疑間又挨了一刀，正中左肩。她低哼了一聲，從懷中驀地掏出什麼撒向了刺客，刺客正要上前，來不及收勢，正好中招，像是被嗆著了一般，往後連退了幾步。喬小扇趁著這空隙躍至段衍之身前，一把拉起他就跑。

鮮血順著胳膊汩汩而流，兩人交握的手掌都滑膩一片。段衍之開始還是跟著喬小扇身後在跑，漸漸的速度竟超過了她，喬小扇顯然已有些脫力了，然而身後的刺客卻還在窮追不捨。

喬小扇清楚自己的情形，這樣下去不是辦法。刺客要殺的人是她，怎麼樣也不能牽扯到無辜之人，於是乾脆甩開了段衍之的手，嚷了一句——

「相公快些逃走，我堵著他！」

「那怎麼行！」段衍之拉住她要返回的身形，看了一眼邊揉眼睛邊往這裡跑來的刺客，拉著她繼續往前跑。「娘子切莫說這些喪氣的話，要逃一起逃，不到最後一刻，怎知無法活命？」剛才他那一遲疑已經讓她受了傷，現在再丟下她，實在不是大丈夫該有的作為。

喬小扇被他的話說得微微一愣，任由他拉著自己朝前奔去，只是一時失血過多，竟有些頭暈眼花起來，速度也漸漸慢了，兩邊景象迅速倒退，只有前面那男子的身影還是一如既往的挺拔，在她矇矓的眼光裡看來，竟有些孤傲之意。

她爹曾跟她說過，人在生死關頭方可看出情意貴重。今日段衍之沒有撇下她獨自離開，倒讓她沒有想到。他平常總是一副膽小柔弱的模樣，卻也有這般堅持的時候。

喬小扇覺得很不解。

前面已經快到官道上了，若是見到了其他人，刺客應該會收斂點。喬小扇強打起精神，奮力地朝前跑去，段衍之一直緊握著她的手，兩人誰也不敢放鬆片刻，等到終於踏上官道時，正好看到一輛馬車往兩人的方向行來，頓時都精神一振。

馬車行至兩人身邊時猛地停了下來，趕車的小廝看了看堵在路中央、一身是血仍強撐著的喬小扇，轉身掀起簾子朝裡面稟報了一句——

「大少爺，是段公子。」

「嗯？」車裡傳出一道熟悉的聲音，下一刻布簾掀開，尹子墨從裡面探出頭來，見到車前狼狽的兩人立即愣住，等視線落到渾身是血的喬小扇身上，又微微一驚。

段衍之看到遠處那刺客已經快要接近，二話不說，一把攔腰抱起喬小扇送上了車。喬小扇早已脫力，渾身軟得如同一灘爛泥，段衍之抱起她時頗有些費力，好在尹子墨見機不對也沒有廢話，幫襯著將喬小扇抬進了車內。

段衍之也不等他說話，自發自動地爬上了車，對趕車的春生道：「快些走，有人追殺我們！」

春生方才見到喬小扇流這麼多血已經受了驚嚇，再聽他這麼一說，哪裡還敢遲疑？一揮馬鞭，往前趕去。

段衍之掀開窗格上的簾子朝外看了一眼，那刺客不知道是中了什麼毒粉，竟還在揉眼睛，可能是看不清路，一時也沒趕上他們，他這才靠在車廂上吁了口氣。

喬小扇手臂和肩頭的血已經在車內暈開一大灘，若不是因為穿著黑衣，此時的景象肯定更加觸目驚心。

她意識迷濛地張開眼，車中光線昏暗，根本看不清什麼，只大概看出有人在頭頂上方看著自己，便喚了一聲。「相公……」

段衍之聽到她叫自己，趕忙應了一聲。「娘子，我在，沒事。」

喬小扇輕輕點頭，似有些瞌睡。

扶著她的尹子墨面色不善。「段衍之，你不會給我惹下麻煩吧？」

段衍之掀開外衣，從裡衣上扯了一大塊布下來給喬小扇包紮傷口，敷衍地回答：「不會，不會，等先救了人，我再把一切告訴你。」

尹子墨抿了抿唇，將喬小扇遞到他懷裡，不發一言。

道路有些顛簸，喬小扇已經昏睡過去，幾次碰到傷口都疼痛地輕哼出聲。

段衍之扶著喬小扇靠在自己肩頭，一隻手撐在她的腰際，以防止碰到她受傷的右臂。

馬車在鎮上醫館前停下，段衍之見喬小扇似越睡越沈，心中焦急，還未等車停穩便跳下了車，春生幫他扶著喬小扇，待他落地才將喬小扇送到他手中，段衍之便急急忙忙地抱著喬小扇衝進了醫館。

不一會兒醫館裡傳出一陣響動，尹子墨聽見那大嗓門的大夫疑惑地說了一句——

「咦，今天是怎麼回事？喬家兩個姊妹都受傷了啊？先前老三才回去呢！」

然後是段衍之急切的聲音——

「大夫，您是不是該先救人啊?!」

大夫連聲答應，又是一陣人仰馬翻的聲響傳出。

尹子墨還是第一次見他這麼關心一個人，微微勾了勾唇角，眼帶戲謔。

第十一章

已至深夜，喬家院子裡仍舊燈火通明，幾乎每個人的房中都還亮著燈火。段衍之坐在房中，將白日裡的事情都跟巴烏詳細說了一遍，惹得巴烏眉頭直皺。

「這般看來，那個刺客應該的的確確就是金刀客本人了。」巴烏有些心有餘悸。「公子今日出去為何不叫上我？若是出了什麼事情，叫我如何向老侯爺和夫人交代？」

段衍之擺了擺手。「沒那麼嚴重，那金刀客輕功雖好，但觀其武藝，我當足以自保，何況他還是衝著喬小扇來的。」

他起身走至窗邊，朝隔壁看了一眼，喬小刀端著藥碗從喬小扇的房中退了出來，臉上一片擔憂之色。

「巴烏，我想定是上次的暗信被截之後，讓首輔知曉了我們的行跡。不過他倒也沈得住氣，只對喬小扇一個人動手。」

巴烏猶疑地問道：「公子打算怎麼做？」

段衍之負手而立，仰頭看著天上半隱於雲層裡的彎月，沈吟了一番後，開口道：「我已寫了封信請尹子墨代為轉交入宮，太子必須要知曉這件事才行。」頓了頓，他又補充道：「這段日子你要寸步不離喬小扇左右，護其周全。」

巴烏斷然拒絕。「公子恕罪，巴烏恕難從命！」

「嗯？為何？」

「巴烏只效忠公子一人，其餘之人的生死與我無關。」

段衍之撫額，轉頭看向他之際卻生生於唇角扯出一抹笑意來。「巴烏，公子我相當欣賞你的忠心，真的。」他嘆了口氣。「那我以後寸步不離喬小扇左右就是了，你跟著我，順便保護一下喬小扇，是否可行呢？」

巴烏想了想，點了一下頭。「我看行。」

段衍之好笑地搖了搖頭，舉步出了房門，打算去看望一下喬小扇，巴烏自然緊隨其後，等段衍之走進了喬小扇的房內，便忠心耿耿地守在門邊。

剛踏入房中便聞到一股極重的藥味，光這味道就可想像入口該有多苦了。外室一片昏暗，只在屏風後的內室點了燭火。段衍之舉步走近，越過屏風便看到喬小扇偏著頭坐在床頭，床邊的凳子上放著一盆熱水，還在冒著氤氳熱氣。

「娘子可覺得好些了？」他的聲音驀地頓住，剛才逆著光沒看清楚，現在走近了才發現喬小扇正手執絹帕，偏頭盯著左肩上的傷口準備換藥，衣襟稍敞，肩頭半露，抬頭看來，一臉訝然，段衍之頓時大為窘迫。

喬小扇反應過來，連忙抬手去掩衣裳，奈何右手也受了重傷，猛地一拉，觸到了傷口，頓時忍不住「嘶」了一聲。

段衍之原本打算迴避一下，見狀只好留了下來，乾脆大大方方地坐到床前衝她笑了一下。「娘子為何自己換藥？叫兩個妹妹來幫忙也好啊！」話剛說完便想到喬小葉也受了傷，而喬小刀剛剛出門忙去了，又訕訕地閉了嘴。

「我來幫妳吧。」段衍之伸手取過喬小扇手中的帕子，盯著她半垂的側臉，等著她表態。

燭火下，喬小扇原先蒼白的側臉早已嫣紅一片，遲疑了許久才鬆了扯著衣領的右手，讓左肩的傷口露在段衍之眼前。

段衍之只看了一眼就皺緊了眉頭，金刀客的彎刀果然霸道，喬小扇這一下傷口極深，現在皮肉都有些向外翻捲，慘不忍睹。他又看了一眼喬小扇的神情，心中對她大為敬佩，這麼重的傷就是男子也要疼得死去活來，她一個女子從受傷到現在竟沒有過半句叫疼的話。

夜間寒冷，段衍之不敢耽擱，用帕子在熱水絞過後，細緻地在她肩頭傷口周圍擦拭了一遍，取過那罐黑乎乎的藥膏，準備給她抹上。

「娘子，其實這傷口看上去挺駭人的。」

「嗯？」喬小扇沒有想到段衍之會突然說出這麼一句話來，不禁有些莫名其妙，這一晃神間，段衍之手中的藥膏已經塗上了她的肩頭。

「唔……」喬小扇忍不住低呼了一聲，沒想到這藥膏如此刺激，觸上傷口時竟這般疼痛難忍。難怪剛才段衍之會突然莫名其妙的說話，原來是想轉移她的注意力。

喬小扇覺得古怪，段衍之是侯門世子，怎麼會知曉這些治傷的藥膏有何威力？轉頭一看，卻見段衍之當真煞白著一張臉盯著她的左肩，頓時恍然，原來他那話倒是出自真心，還以為他是故意說的呢。不過他這般害怕還能給她上藥，也是難得了。喬小扇想起他白天沒有丟下自己的舉動，心中一暖。

這感覺可真是陌生。

段衍之給她上好了藥，掩上衣裳之際，無意間瞥見她後背上還蜿蜒著的其他傷疤，頓時一愣。他微微把衣裳往下撥了撥，看到喬小扇的後背上果然有多處傷痕，不過都是些舊傷，早已結疤，如今看上去像是一條條泛白的醜陋蜈蚣一樣吸附在她背上，觸目驚心。

「娘子，妳背上……」段衍之怯怯地問出聲來，明顯地看到喬小扇的身子一僵。

她自己掩好衣裳，淡淡道：「不過是些舊傷罷了，沒什麼的。」

段衍之幫她繫好衣裳，又給她的右手臂換藥，口中似不經意般問道：「這些傷都是從哪兒弄來的？」

喬小扇垂眼看著他修長的手指在自己的手臂上忙碌，半晌才低聲回答：「獄中。」

段衍之微微一愣，心中瞭然。監獄是什麼樣的地方？龍蛇混雜，絕非善類所在之地，喬小扇在獄中的那兩年若是一直安然無事才是稀奇。

「什麼人會對娘子下這般重手？」

「什麼人都有，無理取鬧者有之，妄自尊大者有之，欲蓋彌彰者……亦有之。」

喬小扇原本已不願回答，但段衍之的聲音很柔和且透著一絲耐心，也不知是不是受了重傷的緣故，她竟覺得這聲音給她帶來了一陣莫名的心安，沈默許久，終究還是低聲作答。

「那……」段衍之抬眼衝她微微一笑，燭火倒映在他的眼中，灼灼其華。「那些人……娘子不曾回敬回去？」

喬小扇看出他神色中的一絲玩味，不自覺地彎了彎嘴角。「何止回敬？最起碼也是雙倍奉還。」

段衍之垂眼輕笑。

想起白天的事，喬小扇臉上的笑意斂去，嘆息道：「相公，實不相瞞，今日這個刺客是江湖上有名的殺手，他既然找上了我還失了手，定當還有下次，你留在這裡實在危險，我還是送你回京城吧？」

段衍之好笑地看著她。「妳傷成這樣還要送我回京城？」

「那……我讓小刀送你回去，她的武藝不錯，加上巴烏，相公定當可以安然返回京城。」

段衍之給她細細地包紮好了傷口後，扶她靠在床頭，將被子往她身上掖了掖。「娘子所言有理，但我此時走實在說不過去，還是過段時間再說吧。再說了，先前見娘子似乎是用什麼毒粉逼退了那個刺客，興許他此時已然暴斃了呢！」

「毒粉？」喬小扇眼中突然染上了一層笑意。「那不是什麼毒粉，我身上怎麼會有毒粉，那只是胡椒粉罷了。」

「什麼？胡椒粉？」段衍之懵了，江湖有名的金刀客居然被一包胡椒粉給弄得功敗垂成，這可真是一段江湖佳話。

段衍之起身欲走，卻又停下微帶試探地問道：「娘子可知那刺客為何要行刺妳？」

喬小扇臉色僵住，沈吟不語。

段衍之大抵也猜到她不會輕易開口，只好暫時放棄。「娘子好好休息吧，我先回去了，這幾日養傷重要，沒事就不要下床了。喔，對了。」他轉身走了幾步，想起什麼似的，又轉身補充了一句。「娘子有什麼想吃想喝的一定要說出來，妳流了許多血，該好好補補。」

喬小扇怔怔地看著他微笑轉身離去，一時間有些回不過神來。他吩咐了這麼多，讓她感覺自己像是變成了重病中的小孩子一樣了。

房門咿呀一聲拉開，段衍之從門內走出，一眼就看到巴烏半隱於夜色中那張粗獷的臉上滿是強忍著的笑意。

「你幹麼？沒事兒偷笑得這麼起勁。」

「公子恕罪，為了護衛公子加順帶護衛喬姑娘，我必須要全神貫注，耳聽八方。」

段衍之挑眉。「所以呢？」

「所以我不小心聽到了一些對話。」

段衍之眯眼。「……然後呢？」

「然後我發現公子您實在有伺候人的天賦，實在是為人相公中的翹楚啊！」

「巴烏……」

「在。」

「公子我發現你也有巧舌如簧的天賦，不如送你入宮去給聖上做個解乏的說唱優伶吧？」

「啊?!」巴烏大驚失色，連忙撲上來。「公子別啊！那些不都是宦官嗎？」

段衍之幽幽地掃了他一眼。「再多嘴就讓你去試試。」

巴烏怏怏地退到一邊對手指，人家好歹也是個蒙古勇士來著……

第十二章

喬家姊妹受傷之後，陸長風的心情大為糾結，如今是去是留成了一個問題。先前段衍之對他說那番話時，他欣喜萬分，但現在喬小葉為了救他而受了重傷，若是此時離開，實在有些說不過去。

他嘆了口氣，舉步出門，照例去隔壁探望喬小葉。辰時已過，太陽已經挺高了，喬小葉卻還在酣睡。陸長風只在屏風處停留了一番，看了看她的臉色，見一切都正常就又退了出來。

當時喬小葉衝上來那一瞬還真是讓他嚇了一跳，怎麼也沒想到她會為了自己去擋那一刀，若是因此而丟了性命的話……陸長風揉了揉眉心，走出房門吸了幾口氣。一抬頭，就見段衍之站在對面自己的房門口，朝他微微一笑。

陸長風抬腳走近，笑著打了聲招呼。「雲雨起得很早啊！」

「恪敬兄不也是？」段衍之朝他身後看了一眼。「三姑娘的傷勢如何？」

「恢復得還不錯。喬家大姊呢？」

「唉，傷得很重，這幾日才稍稍有些好轉。」

說到這裡，兩人都微微一愣，彼此對視，忍不住笑了起來。此情此景，兩人竟都成了關心自家娘子的好相公了。幸虧巴烏一早出去辦事去了，不然聽到又要誇讚他們是為人相公中的翹楚了。

「恪敬兄接下來有何打算？」段衍之朝他做了個「請」的手勢，示意他隨自己進屋。

陸長風跟著他進了房中，微微嘆息。「現在說要回去已經不太可能，總要等到三姑娘的傷完全好了才可以，不過我已經修了一封家書回去了。」那段時日被喬小葉看得緊，連寫封信的機會也沒有，現在她受了傷，倒讓他得了空子。

段衍之招呼他在桌邊坐下，給他倒了杯熱茶。「那你家中可知道你與三姑娘的婚事？」

陸長風神色一頓，默然不語。

段衍之見他這副神情也知道他定然是沒有跟家人提及此事，笑著搖了搖頭。「恪敬兄不要嫌我多嘴，三姑娘為了救你可是豁出了性命，如今你打算離開，她若是知曉，只怕心中會很不好受。」

陸長風也知道這點，可是他不可能一輩子留在這裡。與喬小葉這段姻緣可以說是陰錯陽差、誤打誤撞，在他眼中原先就是不可能長久的，遲早都要一刀兩斷。

可是段衍之說的也有道理，一個女子願意拋卻性命來救自己，且不說這份情意有多重，光是這份勇氣也值得欽佩。

他轉頭看向門外，盯著對面的屋子陷入了沈默，腦中卻有一瞬想起了記憶中久久不曾褪去的活潑身影。

「恪敬兄打算如何對待三姑娘呢？」段衍之的聲音讓陸長風猛地驚了一下，抬眼看去，正對上他含笑的雙眼，漆黑幽深，暗含探詢之意。

陸長風沈吟著，道：「我現在一時之間也拿不準主意，容我想想吧。」

「恪敬兄把事情想得太複雜了，其實要怎麼做，無非是你一念之間的事情而已。」段衍之放下手中的茶杯，向他輕輕瞥去，平日裡總是一副嬌柔的面容此時竟不自覺地生出一絲威嚴。「若是接受了三姑娘的這份恩情，你便帶她一同回去，若是不接受，你便自己去跟她說清楚，一刀兩斷。」

陸長風怔怔地看了他一陣，皺了皺眉，心中越發猶豫。

段衍之起身道：「我去看看我家娘子，恪敬兄自己作決定吧。」他轉身離去，心中卻有些忐忑。剛才那番話無非是激一激他，若是陸長風真的跟喬小葉一刀兩斷，那他跟尹子墨也就真的一刀兩斷了，更別說指望他替自己調查事情了。

回身又看了一眼陸長風，後者端坐在桌邊，眉頭緊蹙，已然陷入沈思。

段衍之心中輕嘆，只希望他能一念悟道，早日從了喬小葉吧。

走入喬小扇房內時，只聽到屏風後傳來一陣窸窣輕響，段衍之走近幾步，隔著屏風問喬小扇。「娘子這是要起身了？」

「嗯，相公可以進來。」喬小扇的聲音聽上去比前幾天有精神了許多。

段衍之繞過屏風走到床邊，看了看她的臉色，微微笑道：「娘子似乎恢復了不少，是想要下床了？」

喬小扇原先蒼白的臉頰已經恢復了些紅潤，只是右手還有些不便，此時裡面的衣裳已經穿戴齊整，只有外衣只穿好了左袖，半邊衣裳便隨便地披在了右邊肩頭。

聽到段衍之問話，她點了點頭。「成天躺在床上實在難受，想出去走走。」說完準備抬手穿好衣裳，段衍之見到，上前幫她抬著右臂，小心翼翼地遞進袖口。

喬小扇穿好衣裳，朝他感激地笑了一下。

這笑容溫柔和煦，清清淡淡卻好似春風拂過，恍若瞬間可見萬花盛開。

段衍之被這笑容著實驚豔了一把，半晌才回過神來道：「娘子應該多笑笑才是，妳笑起來很好看。」

喬小扇還未曾被人誇過，頓覺羞赧，不自然地看了段衍之一眼，掃到他的衣襟，忍不住搖了搖頭。「相公怎的又沒有穿好衣裳？衣領都揪在一起了。」

段衍之垂眼看了一下，手攏在嘴邊咳了一聲。「這個……早上起來有些急了吧。」一個大男人被說不會穿衣服，總是有些丟面子的。

喬小扇看出他神色間的赧然，不再多言，抬起未受傷的左手替他整理衣襟。

段衍之怕她受累，只好彎腰湊近些。也實在是他不怎麼會弄這衣裳，平時沒事還可以慢慢的穿戴，只是今日為了起早吩咐巴烏出去辦事，一時著急，也就沒注意。

兩人離得很近，喬小扇髮間的淡香縈繞在段衍之的鼻尖，他稍稍怔了怔，這才想起似乎自己還是第一次跟女子這般親近。

以前在京城雖然身為侯門世子，奈何家中有個家教甚嚴的母親，他除了府內的丫鬟和難得一見的幾位貴族小姐，幾乎沒有接觸過什麼女子，至於什麼花街柳巷，更是半步也不敢走近。只是他母親管得越嚴反倒越讓他油滑起來，以致養成了現今這般隨意的性格，不過於男女大防一道，終究還是中規中矩的。

喬小扇一隻手整理衣裳有些費力，段衍之收回心神，抬手想要幫她，卻不經意觸到她的手指，頓時兩人都頓了頓，一時無話，好不尷尬。

正在這當口，突然聽到外室傳來陸長風的聲音，段衍之直起身子，手背到身後，卻感到指尖微微發燙，似乎沾染了喬小扇手指的溫度難以抹去一般。這可真是奇怪，當日拉著她跑了那麼久也未曾有過這感覺。

他偏頭看了看喬小扇，見她模樣齊整，低咳了一聲，轉頭揚聲道：「恪敬兄有事請進來說吧！」

外室響起一串接近的腳步聲，陸長風卻並未露面，只隔著屏風道：「我是來跟喬姑娘說一聲，我……」他遲疑了一番才接著道：「我想回揚州去了，但是會帶三姑娘一起走。」

話音剛落，段衍之轉頭看向喬小扇，兩人眼中都有些驚喜。

「此話當真？」喬小扇有些不敢相信，畢竟陸長風一直都那麼不情願，如今說出這番話來，可真是叫人驚訝，沒想到這場戲倒真起了效果。

「千真萬確，我既然說了，便一定會做到。」陸長風停頓了一下，轉身離去，腳步沈穩，可見心境很平和。

段衍之語帶感慨地道：「今天可真是個好日子，娘子妳傷勢好轉了不少，三妹的姻緣也終究定下了。」

喬小扇點了點頭，剛想說話，忽又聽到外面傳來巴烏的聲音——

「公子……」

這聲音不像平時乾脆，有些拖泥帶水，給人感覺有什麼事情不好說一般。

段衍之走了出去，打開門看了一眼巴烏。「怎麼了？」

「公子……」巴烏眼神微微閃爍。「我剛辦完事回來，在路上遇到了一人。」

「喔？什麼人？」

巴烏稍稍側身，一名女子自他身後走出，穿著一身淡粉色的襦裙，面容姣好得好似出水芙蓉，只是臉色有些不好，帶著些許風塵僕僕之感，那雙眼睛卻清澈明亮，在段衍之的身上久久停駐。

段衍之正在奇怪這女子為何看上去有些眼熟，就聽那女子柔聲喚他道——

「表哥。」

他頓時渾身一僵，許久沒有回過神來，半晌，只在心中哀嘆不止——

今天可真是個好日子啊……

第十三章

段衍之這個表妹名喚秦夢寒，兩人是姑表親，是位名副其實的官家千金。

原先秦夢寒也不知道段衍之不在京城，甚至還在滿心期待著婚期的到來，而現在能來到這裡全拜一人所賜，那人便是尹子墨。

那日他途徑天水鎮救下二人時還好好的，誰知一轉身就把段衍之給賣了！

秦夢寒出身高貴，自幼教養有方，如今孤身一人只雇了輛馬車就直往天水鎮而來，讓段衍之萬萬沒有想到。

段衍之對她一個女子長途跋涉來到天水鎮很是欽佩，可是她能來到這裡也著實給了他不小的壓力，他原先就是躲著她才出來的，不曾想現在還是被她給找到了。

秦夢寒只對怎麼來到這裡稍微說了一下，並未提及自己和段衍之家中的情形，段衍之暗中推斷她可能是自己悄悄出門的，不然也不會獨身一人來到這裡。

兩人在門邊大眼瞪小眼了一陣，已經沒話說了。

巴烏倒是閃得快，早已看不到人影。

秦夢寒一時尷尬，突然想起自己帶來的東西，從肩上拿下包袱，翻出了一個小瓷瓶遞給段衍之，這才總算又有了話題。

「表哥，尹大公子說你託他尋些去疤良藥，他近日不會經過這裡，便叫我給你帶過來了。」說著，她那雙水汪汪的眼睛裡染上了一層擔憂之色。「表哥是不是哪裡受傷了？可嚴重？」

段衍之接過瓷瓶，咳了一聲。「這個……不是我自己要用的。」

「喔？那是給誰用的？」

段衍之尚未回答，喬小扇已經走出了內室，看到門口的女子，微微愣了一下。「相公，這位姑娘是……」

段衍之絕對相信他看到了世上最精彩的表情，他那位姿容端莊的表妹在聽到喬小扇的話的那一瞬，臉上的神情變幻莫測，到最後只沈寂為莫大的震驚和呆滯，像是原先拿到了糖葫蘆的孩子，前一刻還開心無比，下一刻卻被告誡不能咬上半口。

這應該是種巨大的失望和傷心。

「相、相公？」秦夢寒怔怔地看向喬小扇，又艱難地將視線移向段衍之。「你……成親了？」

段衍之恍然大悟，原來尹子墨根本沒有告訴她自己已經成親了，他倒還算給自己面子，可是現在這情形倒似更加複雜了。

「嗯……」段衍之點了點頭。「表妹，這位是我娘子，喬小扇。」

所謂當斷則斷，段衍之雖然沒有過多少紅顏知己，卻也耳濡目染了不少。女子不比尋常物事，不可輕易沾染，界限分明是最好的做法。

反正他是不打算跟這位溫良淑德的表妹發展出一段什麼曠世絕戀，自然早早了斷了得好，所以這個時候他承認起與喬小扇的親事來，是相當乾脆且有力的。

喬小扇聽到他喚這個女子表妹，頓時明白過來，走近幾步朝她點了一下頭，難得地露出了一絲親切的笑容。「原來是相公的表妹，真是位水靈靈的姑娘。」

段衍之詫異地看了一眼喬小扇，顯然她已經很努力地在表達善意了，因為至今他還從未聽過喬小扇的嘴裡說出過什麼誇讚人的話來，從她對待兩個妹妹的態度來看，一般她不損人就萬事大吉了。

秦夢寒畢竟是大家閨秀，就算什麼都修練不到家，矜持與鎮定卻是修練得最好的，此時在這情況下便派上了最好的用場。

雖然手指有些顫抖，臉色有些蒼白，膝蓋有些發軟，頭腦有些眩暈，她還是堅持著朝喬小扇扯出了一抹微笑，只不過實在勉強得很，看上去簡直比哭還難看。

「原來表哥來到這裡就是為了迎娶表、表嫂妳，難怪、難怪……」說到後面，秦夢寒的聲音越來越低，整個人像是失去了力氣，甚至連身子都晃了一下。

段衍之不可不說心軟，但也始終沒有伸出手去扶一把。

喬小扇自然看出了這其中的異樣，卻什麼都沒有說，只是朝外喚了一聲喬小刀，讓她領著秦夢寒去客房先安頓下來。

喬小刀看到秦夢寒時，對她黏在段衍之身上的眼神十分不悅，眼裡已經明顯地表達了對這位不速之客的不待見。

這個姊夫是花了多少精力才搶來的啊，怎麼著，她這是來認親順便領人的？門兒都沒有！

秦夢寒腳步虛浮地跟著面色不善的喬小刀走遠之後，喬小扇頗為擔憂地問段衍之。「你的表妹都找到了這裡，看來定安侯府也該知曉你的下落了。」

段衍之搖了搖頭，臉上掛著讓人憐惜的柔弱表情。「應該不會，我看我這位表妹定是自己出門來尋我的，興許她家裡也在找她呢。」

「原來如此。」喬小扇看了一眼秦夢寒剛剛走入的那間廂房，低嘆一聲。「真是個癡情女子。」

「啊？」段衍之一愣，臉上刻意擺出的表情也收了一下。

「相公無須隱瞞，我也是女子，看得出來她對你的情意。若是沒有猜錯，她便是與你定親的那位姑娘吧？」

段衍之訕笑了一下，點了點頭。「娘子目光如炬，所言不差，的確就是她，但要說情意還真是牽強了。我與她從小到大見過的次數少得可憐，能有什麼情意啊？」他搖了搖頭，將手中的瓷瓶遞給她，臉上又帶上溫柔的笑意。「先不說這個了，這是我託人從京城為妳尋得的去疤藥膏，娘子背上的那些傷痕肯定能消掉，妳用用看吧。」

喬小扇接過瓶子，神情微動。「相公特地為我尋了藥？」

「順便的事情而已，娘子不用心存感激。」

「我的確感激相公，但是那些傷疤卻不願去掉。」喬小扇笑著搖了搖頭，眼帶愧色。

「嗯？」段衍之不解地看著她。「這是為何？」難道說還有女子不在乎身上有疤？

喬小扇轉頭盯著屋外，陽光在院中投下一大塊光影，倒映在她眼中蘊著一絲暖意，然而她說出的話卻有些肅然。

「我只是不願忘記過去所經歷的一切，傷痕與痛苦，雖非我所願，卻也是人生必須承認的一部分。」

段衍之一怔，似乎第一次認識眼前的女子。

但是不得不說，他很欣賞她。

今晚注定是個不平靜的夜晚。

秦夢寒在到來天水鎮的第一夜，臥於床上，用自己貴族小姐的驕傲強撐著沒有流淚，反而冷靜地在尋找段衍之選擇喬小扇的原因。

陸長風坐於房中，手執一簪，看著金九準備著回揚州的東西，腦中翻飛著過往的片段。

段衍之則與巴烏商討接下來要如何在避開喬家姊妹的同時還要避開這個新來的表妹，才能繼續手上的事情。

只有喬小扇的屋中最為熱鬧，在其他人各懷心事的時候，三姊妹正齊聚一室，共商大計。

喬小扇其實並不想參與，但是兩個妹妹十分的熱情，連喬小葉都帶傷參加了，她也只好乖乖地坐在桌邊聽著喬小刀眉飛色舞的嘮叨。

「大姊，妳聽我說，鎮東茶館裡的說書先生說得好，每一個楚楚可憐的女角兒必有個詩情畫意的名字，妳可要注意了，光聽名字就知道那個秦夢寒對妳來說是個不小的障礙。」

喬小葉正沈浸在得償所願的喜悅中，所謂大家好才是真的好，因而也好心地提醒喬小扇。「二姊說得沒錯，大姊妳實在需要注意。妳看妳，平日裡總是一副什麼都不在乎的模樣，姊夫又那麼柔弱得惹人愛憐，若是被那什麼表妹奪了先機可就追悔莫及了！」說到動情處，喬小葉端著受傷的胳膊幽然長嘆。「今後我不在家中，沒有人給妳出主意，妳可如何是好？大姊，我真為妳擔心啊……」

喬小扇只是淡淡地掃了她一眼，嘴角又露出了那抹經典笑容。「妳給我出的主意無非是一哭二鬧三上吊之類的，何必裝成是多麼高明的法子來我這兒招搖撞騙，妳還真當自己是女諸葛了？」

喬小葉捂住胸口，喘了幾口氣，端坐著不吭聲了。

喬小刀急得站起來跳腳。「大姊！我們這是在為妳著想，妳怎麼這麼不認真呢？」

「算了，妳們能想出什麼法子來？」喬小扇白了她一眼。「何況人家是客人，剛來第一天妳們就攛掇著我去對付她，這像話嗎？」

喬小刀耐著性子坐到她跟前，雙手捧起她沒受傷的左手，語重心長地道：「大姊，做姊妹的自然都是為妳著想。三妹馬上就要走了，她算是修成正果了，妳呢？也該打起精神了吧？」

恢復了元氣的喬小葉又在一邊煽動她。「其實一哭二鬧三上吊也不是沒有用處的，大姊妳必要時就試試，姊夫那麼溫柔的人，肯定吃這套！」

喬小扇眼珠一轉，冷笑了一聲。「我覺得妳們說的都不管用。」

「嗯？那妳說什麼管用？」兩姊妹幾乎異口同聲地問她。

喬小扇從喬小刀手中抽出手來，撫了一下身前的衣襟，慢悠悠地道：「小打小鬧顯得太小家子氣，真刀真槍方顯英雄本色。」

兩個妹妹大驚失色，趕緊勸慰。「不不，大姊，要慎重，事關人命，當從長計議！」

「對對，從長計議、從長計議！大姊不可操之過急啊！」

喬小扇冷眼掃過去。「既然如此，妳們還不各忙各的去？還打算在這兒出什麼餿主意？」

「好、好，這就回去、這就回去！」

喬小刀和喬小葉相攜著灰溜溜地出了門，邊走邊感慨來這裡找喬小扇實非明智之舉，以後定要以此為戒，再也不插手她的事情了。

喬小扇獨坐於房中，想起白天那位表妹震驚慘白的臉，又看了一眼放在桌上的那瓶藥膏，輕輕嘆了口氣。

其實，她自己也不知道為何要嘆氣。

第十四章

就在喬家兩姊妹因為秦夢寒的出現而對她們的大姊萬分擔憂之際，喬小葉隨陸長風回揚州的時候也到了。

啟程當日，天氣不是很好，沒有出太陽且還起了大風。喬家除了秦夢寒和飼養的幾隻雞鴨外，全都浩浩蕩蕩地趕至鎮口送行。

喬小扇剛為喬小葉繫好披風，就見她抬頭望了望天，語氣頗為惆悵地吟嘆道：「今日一別，風雲變色，天昏地暗，可見人生怎堪別離啊……」

奈何喬小扇十分的不給面子，為了讓喬小葉牢記這一分別時刻，臨行還不忘給她溫柔的一刀。「我倒是覺得上天這是在感慨，因何妳這樣的人還能遂了心願，隨妹夫回去揚州。」

喬小葉頹然地耷拉下肩膀，別過臉小聲嘀咕道：「她這是在嫉妒我，絕對的……」

誰知還沒嘀咕完，人忽然被喬小扇拉了一把，喬小葉奇怪地轉頭看她，正對上她大姊嚴肅的臉。

她暗叫不好，還以為自己的話被她聽到了，喬小扇卻只是湊近她低聲說了一句話——

「我在妳箱子裡放了件東西，妳不要告訴任何人，將來若是遇到什麼事情再打開來看。」

「啊？」喬小葉狐疑地看著她。「什麼東西這麼神秘？不能現在看？」

「不能。」喬小扇的語氣十分認真，可能考慮到她妹子的德行，又緩和了臉色道：「小葉，這個東西十分重要，我從未對別人說過，連小刀也不知道，之所以告訴妳，只因妳可靠且聰明，妳該明白我的意思，相信妳絕對不會讓我失望的，對吧？」

喬小葉剛才被她打擊的信心瞬間回漲，連連點頭。「我覺得這些年來大姊妳只有這句話說得最為中肯，既然這樣，看來也只有我堪當重任了。大姊放心，我記住了。」

喬小扇拍了拍她的肩膀，點了一下頭，臉上閃過一絲欣慰。「小葉，以後要好好過日子，侍奉公婆，相夫教子……」話音驀地哽住，雖不至於流出淚來，卻再也說不下去了。

一邊的喬小刀也湊了過來，拉著喬小葉開始抹淚。喬小葉原先還挺興奮，被兩個姊姊一帶，想到自己以後不知多久才能回到天水鎮，也忍不住開始掉淚。

站在一邊的段衍之和陸長風看到，心中也是一陣感傷。

三個姊妹淒淒哀哀的告別完，到了上路的時候，陸長風朝段衍之拱了一下手。

「雲雨，這次天水鎮際遇，得以與你結識也是有緣，他日你若來揚州，我定當好生招待，以盡地主之誼。」

「那是自然，恪敬兄客氣了。」段衍之笑著回了一禮。

陸長風對他點了點頭，舉步朝牽著馬匹的金九走去，與他擦身之際，突然又停下，小聲道：

「這段時日不知世子真實身分，若有得罪之處，還望見諒。」

段衍之一愣，詫異地看向他。「你知曉了？」

陸長風笑了笑。「京城段氏雖行事低調，我倒是聽說過的。起初我便覺得你的名字十分熟悉，只是直到最近才想到你的身分。」

段衍之朝他又行了一禮。「多謝恪敬兄沒有拆穿我的身分。」

陸長風看了看不遠處的喬家姊妹，意味深長地看了他一眼。「你在這裡必定有事要做，但憑這段時日的相處，不難看出喬家大姊的為人，真情或是假意，雲雨應當自己有數才是。」

段衍之聽出他話中的意思，臉上閃過一絲尷尬。真情假意，他還真沒想這麼遠。

他這遲疑間，陸長風已經走到馬邊翻身上馬，喬小葉也坐進了準備好的馬車中，由金九負責趕車。

段衍之目送他們離開，視線移到喬小扇身上，見她穿著並不算厚實還立於鎮口當風之處，走上前去好心提醒道：「娘子，妳傷還未完全好，不要吹冷風了。」

喬小扇別過臉抹了一下眼睛，「嗯」了一聲。

段衍之這才看出她是在強忍著難過，忍不住心中一軟，卻不知道該說些什麼來寬慰她。

喬小刀在一邊喚她回去，喬小扇找了個理由說要隨便走走，自己率先往回走去。

段衍之看出她心中不快，招呼巴烏跟在後面。

走到岔路口，喬小扇卻並未往喬家方向而去，反而直朝市集而行。

段衍之也不打擾她，只是擔心她再遇到刺客，因此一直默不作聲地跟在她身後。

喬小扇一路往前，衣袂隨風揚起，背影孤單寂寥，直到融入市集裡的人群中仍舊突兀顯眼，像是根本不屬於這裡。

一直走到一間酒樓前，她才突然停下步子，轉頭對段衍之道：「相公，不如我們進去坐坐如何？」

段衍之知道以她的武功定然知道有人跟著她，所以對她突然發現自己並不奇怪。對於喬小扇的提議，考慮到她身上有傷，段衍之本想拒絕，奈何她自己已經先一步走了進去，他也只好跟了進去。

酒樓老闆見到喬小扇進門嚇了一跳，趕緊上前作揖。「這不是喬、喬家老大嘛！今日怎、怎麼有空來我這小店裡啊？」

段衍之掃了一圈，店中的客人已經有人作勢要跑了，他皺了一下眉，轉頭看到喬小扇尷尬的臉色，心中一陣煩躁，揚聲對老闆道：「可有包間？給我們一間。你們打開門做生意，還不准客人進來不成？」

酒樓老闆畢竟是生意人，八面玲瓏，一見段衍之衣著翩翩，相貌風流，還跟著個巴烏這樣體面的隨從，想必十分富有，頓時不再多問，趕緊招呼小二領三人上樓。

喬小扇顯然是來喝酒的，剛在雅間坐下就叫小二上酒。

段衍之想要阻止，她卻搶先說道：「相公不必多言，我有數，不會多喝的。」

段衍之知道她不願在別人面前坦露情緒，揮手叫巴烏去門外等著，壓低聲音問她。「娘子是因為三妹離開而難過嗎？三妹有了自己的歸宿，妳該為她開心才是啊！」

「說的是，可是畢竟是我一手帶大的妹妹，突然就這麼離家了，不免擔心她今後在婆家的生活是否如意。」小二剛好送了酒菜進來，喬小扇說完這話，便自己給自己倒了杯酒，一飲而盡。

「娘子一手將妹妹帶大是什麼意思？看妳的年紀也不比兩個妹妹大多少啊！」段衍之聽出她話中的酸楚，不禁有些奇怪。

「雖然比她們大不了多少，但我娘去世得早，我爹又不會照顧人，兩個妹妹幾乎是我一手拉把大的。」喬小扇端著酒杯，眼神有些迷離地望過來，像是透過段衍之看到了自己的過去。

「我們三姊妹自幼就沒有母親，在外經常受欺負，為了保護兩個妹妹，我央求我爹教我功夫，又為了不讓兩個妹妹被人說沒教養，我一直對她們嚴加管教，卻不曾想她們到後來居然還搶了人回來。」說到這裡，她忍不住垂頭苦笑。

段衍之聽到她的話微微一愣。「娘子剛才說是妳爹教妳武功的？」

喬小扇點了點頭。「不錯。怎麼了？」

「喔，沒什麼，只是覺得詫異，因為娘子的武藝實在太好了。」段衍之心中已經驚詫萬分，面上卻一如既往的帶著溫柔的笑意。

沒想到喬小扇的武藝居然承自她爹，難不成她爹與大內侍衛有什麼關係？

幾口酒下肚，喬小扇覺得身上暖和了許多，很是舒服，也給段衍之倒了一杯。「不說這些了，都是些陳年往事了，今日我倒是話多了。」

段衍之低笑了兩聲。「娘子肯將這些陳年往事告訴我，也是對我信任，怎麼說自己話多呢？有話就該說出來，憋在心裡只會更加難受。」

喬小扇驀地抬眼看向他。「相公此言差矣，我對你說這些並非是我對你信任，只是因為無所謂，因為我已經決定要送你和你表妹回京城去了。」

「什麼？」段衍之一臉莫名其妙。「娘子怎麼又提起這件事了？」

喬小扇臉色肅然。「世子，您本就不該出現在這裡，更不該與我這樣的女子成親，如今您表妹已經尋上門來，就更應該趁早解決此事。」話音未落，她已經起身拜倒在地。「我只願此生安穩度日，讓兩個妹妹過得好好的，實在不願意招惹什麼禍端，還望世子見諒，原諒我們這些山野刁民的無知之舉。」

段衍之連忙起身去扶她。「娘子妳這是——」

「世子！」喬小扇並未領情，仍舊端正的跪著。「民女不配擔世子一聲娘子的稱呼，請世子留下休書，明日我便送您啟程回京。」

段衍之收回手，負於背後，原先一直柔和的語氣變得正經起來。「娘子這麼說，可有考慮到自己？我這一走，妳很有可能會獨身一人孤獨終老。」

喬小扇抬眼看他，眼神茫然。「世子何必說這些？反正不管怎樣，你我都不可能相伴一生。何況……人生來就是孤獨的，孤獨地來於世上，再孤獨地離開世上，千般風景，皆為過眼雲煙，萬般塵緣，俱是人生過客，孤獨終老又有何可怕？」

段衍之一怔，居然不知道該說什麼話來反駁。

正在這當口，窗口忽然傳來一陣響動。

段衍之連忙收起心神望去，只見一人破窗而入，身形如飛鳥般敏捷，竟沒有造成多大的聲響。

喬小扇連忙起身，轉頭看去，入眼只見來人手中一柄金黃色的彎刀寒光凜冽。

第十五章

喬小扇早就料定金刀客會捲土重來，果然不假。從他出現的速度來看，顯然是一早就盯上了她。

她現在舊傷未好，根本難以抵擋，此時見他來勢洶洶地出現在自己面前，頓時大感不妙。

金刀客完全不給他們二人喘息的機會，甫一穩住身形便架刀直襲而來。

喬小扇擋在段衍之身前，踢起一張凳子阻擋了一下他的速度，巴烏便在這空隙間破門而入。

金刀客顯然沒有預料到還有幫手，巴烏自他身後襲來，他一時反應稍滯，連忙回身抵擋，給了喬小扇和段衍之逃遁的機會。

可惜巴烏雖然武藝高強卻都是以力取勝的招式，失之靈巧，與金刀客這種行動詭譎的殺手格鬥顯然占不上風。

加上金刀客似乎看出了段衍之和喬小扇想要逃走，與巴烏對陣時偏偏選擇堵在門口，讓兩人一時也莫能奈何。

大概來回了百來招，巴烏身上終究掛了彩，一時動作大為遲緩。

金刀客騰出空來，反身向喬小扇全力攻來。

喬小扇慌忙抵擋，右臂上的傷口尚未長好又被撕裂開來，痛徹骨髓。

金刀客吸取了上次的教訓，再不可能留給她一點餘地，刀風舞得獵獵作響，腳尖點地躍起，直襲其面門。

眼看就要來不及躲避，喬小扇身後的段衍之突然扯了她一下，將其一把拉至自己身側，張手將她護在懷內，生生挨了金刀客的一刀。

這一刀是必殺之招，下手極重，正中段衍之左肩下幾寸的背部，若是胸前，必定已經傷及內臟，就是大羅金仙也回天乏術。

喬小扇被段衍之護得嚴嚴實實，耳邊只聽到段衍之的一聲悶哼，然後就是巴烏驚呼「公子」的聲音。她心中一緊，剛要回頭查看，突然後頸一涼，頓時眼前一黑，暈倒在地。

段衍之將其小心地放到地上，轉頭看了一眼鮮血淋漓的傷口，再抬眼看向那邊被巴烏纏上的金刀客，臉色相當的不好。

且不說這件衣裳多華貴，光是想想今後那光潔細膩的肌膚要留下一道醜陋的疤痕就讓他氣得夠嗆了。

金刀客已經再度成功逼退巴烏，正想一刀將之解決，身後疾風驟至，幾枚暗器瞬間襲來，他憑著耳力，身形急轉，險險地避開，卻沒想到腹部一痛，終究還是中了一招。

段衍之立身收勢，看也不看身上正在滴著血的傷口，眼神凌厲地掃過來，再也沒有平日裡一點溫柔平和的模樣。

金刀客上下打量了他一遍，眼神落在腹間的暗器上，驀地一驚，抬眼盯著他。「閣下與塞外青雲派有何關聯？」

段衍之冷笑了一聲。「想不到你還有點見識。你若真想知道，我便告訴你，但是知道的人都不可能再活著，這是規矩。」

見他受了重傷還面不改色、淡定自如地與自己過招，金刀客心中已經沒底，何況觀其之前腳步虛浮、下盤不穩，真正動起武時的氣勢卻是如同淵龍騰空，顯然是武功已臻化境的表現。這樣的人是真正的武學集大成者，要嘛是後天苦練，幾十年如一日且悟性極高，要嘛便是先天筋骨精奇的練武奇才。

而他不過二十出頭，顯然屬於後者。

段衍之一步步穩穩地朝金刀客走近，半隻衣袖都沾染了血跡，甚至滴落在地上，蜿蜒出一條血線，他卻視而未見，就像受傷的不是他自己一樣。

這情景十分的詭異，饒是殺人無數的金刀客見了也心中一涼。

「我尚且還未出招，你如此緊張做什麼？」段衍之好笑地看著金刀客，神情一如當日在樹林中金刀客看他時那般鄙夷。「放心，我會留著你的命，你回去好生告訴胡寬，就說喬小扇是青雲公子的人，他若是想要她的命，先問問自己有沒有信心對陣江湖勢力吧。」他微微垂目，與金刀客對視，勾了勾嘴角，補充道：「記住，我說的是整個江湖的勢力。」

「青雲公子？」金刀客眸中閃過一絲訝異，見段衍之逼近，竟不自覺地往後退了一步，待反應過來才察覺自己的失態，頓時惱羞成怒。

金刀客舉刀欲砍，手勢卻驀地停住，那薄如蟬翼的刀鋒被兩根修長光潔的手指緊緊夾住，紋絲不動。

「你若不相信我的話，我可以收回先前說的，直接解決了你，然後再派人去跟胡寬說，怎樣？」

段衍之鬆了手指，像是隨便扔掉了什麼物事一樣地甩了甩手，轉身走到喬小扇跟前，彎腰抱起她，招呼巴烏出門，只留下驚駭莫名的金刀客一人站在原地。

一直到樓下的酒樓老闆急急忙忙地帶人衝上來查看，他這才回過神來，趕緊從窗戶離去。

段衍之抱著喬小扇出門之際，囑咐巴烏多扔些銀兩打發了酒樓老闆，自己帶著喬小扇繞小路往喬家走去，以免惹人非議。好在這裡離喬家也不算多遠，他還算熟悉。

沒多久，巴烏從後面趕上他，捂著挨了刀的胸口問道：「公子，您今日為何要動用青雲派來保護喬姑娘？您不是一向都不願暴露青雲派的嗎？」

段衍之嘆了口氣。「太子那邊遲遲沒有動靜，再這樣下去喬小扇必定會出事，我這也是無奈之舉。」

巴烏看了看他的神色，小心翼翼地提醒道：「公子您那句話的意思……似乎不只是無奈之舉。」

「嗯？哪句話？」段衍之雖然與他說著話，腳下速度卻絲毫未減。

「就是那句『青雲公子的人』啊！」

段衍之腳步一頓，眼神陰森森地掃向巴烏。「看來你受的傷太輕了，話多得很啊！」他冷哼了一聲。「別跟著了，去醫館請大夫來喬家，省得你耽誤我趕路。」

巴烏悻悻地轉身回市集，捂著傷口委屈地嘀咕著。「我說的都是事實啊……」

秦夢寒在喬家已經等候多時，卻只等回了一個對她不冷不熱的喬小刀，心情正在低落，就見院門口急急忙忙地衝進來一道人影。

一見到那身熟悉的玄色衣裳，她的人已經自發自動地迎了上去，待走近才發現段衍之手中抱著喬小扇，肩背還滿是血跡，頓時驚訝得愣在當場。

段衍之正好急著用人，看到她走來，立即開口吩咐道：「快去打盆熱水過來。」

秦夢寒一怔，簡直無法相信自己的耳朵！她一個千金大小姐，居然被使喚著去打熱水?!

足足在原地愣了好一會兒，她才總算接受了這個事實，心中暗想，肯定是表哥遇上了什麼大事，才會如此狼狽，此時幫他打水也是應該。

等她把水端進喬小扇的房中，卻發現自己伺候的人並非她表哥，而是躺在床上昏睡不醒的喬小扇。

段衍之囑咐她給喬小扇拆開手臂上包紮的布條，清洗一下傷口，自己則回房去換衣服，打算回來再給喬小扇換藥。

秦夢寒還沒來得及說一句話，段衍之已經出了門，留下她一個姑娘家要面對那鮮血淋漓的布條，還要動手去拆解，簡直是一種行刑。

她顫抖著手去解喬小扇包紮傷口的結扣，上面已經浸透了血跡，滑膩的觸感和刺鼻的腥味令她幾欲作嘔。

忙了好一會兒，幾次嘗試都解不開那結，秦夢寒心中煩躁，手中不免用了力氣，昏睡中的喬小扇吃疼地「嘶」了一聲，嚇得她手中一鬆，那隻受傷的手臂「砰」的一聲磕在床沿，讓喬小扇整個人都疼得縮了一下身子，嘴裡發出一陣呻吟。

「怎麼了？」段衍之已經換好衣裳，傷口只是簡單地處理了一下。

聽到喬小扇的聲音，他快步越過屏風走到床邊，看了看現場幾乎毫無變動的景況，嘆了口氣，示意秦夢寒起身，自己坐到床邊，給喬小扇處理傷口。

秦夢寒被他那聲嘆息弄得差點流出淚來，自己這般任他使喚也就算了，最後得到的居然只是一聲失望的嘆息，連句感謝的話也沒有！

她千里迢迢來到這裡無非是為了與自己的未婚夫多親近些、多瞭解他一些，結果剛來便得知他已經成親！

原先還以為他與京城那些世家子弟一樣，只是貪圖新鮮而已，何況她注意到巴烏一直都是叫喬小扇為喬姑娘，儼然一副不把她當自己人的模樣，段衍之與喬小扇又是分房而睡，因此心中料定喬小扇不過一個山野村姑，日後段衍之必定還是會回到定安侯府做他的逍遙世子。

可是，眼下看她這位表哥從進門到現在根本眼中就只有喬小扇一人，似乎不像她想的那麼簡單。

不過秦夢寒雖然傷心，表面卻還是努力保持著大家閨秀該有的端莊，她強忍著幾乎就要奪眶而出的淚水，問段衍之。「表哥這是遇到什麼事情了？」

段衍之這才看了她一眼，但很快又低頭繼續手上的事情，口中敷衍地回道：「沒什麼，不過是摔了一跤，受了些傷罷了。」

秦夢寒當然不相信摔跤會造成這麼嚴重的傷勢，但段衍之顯然不肯多說，她也不好再追問。她看了一會兒段衍之為喬小扇處理傷口的過程，語帶苦澀地道：「表哥對表嫂真好……」

段衍之手上動作一頓，怔怔地看向喬小扇安寧的睡顏，心中一動，之前喬小扇的話驀地浮上耳際。

沈默半晌，他忽而輕笑著嘆了口氣。「我家娘子以前吃了太多苦，總要有個人對她好的。」

第十六章

喬小扇一受傷，操持家務的事情就又落到了喬小刀的身上。

受苦受累倒是沒什麼，喬小刀奇怪的是，喬小扇怎麼這麼短的時間裡又受了傷？

上次喬小扇受傷，她詢問過原因，喬小扇只說是遇上了劫匪流寇，她相信了。

這次見不僅是她，連巴烏和段衍之也一併受了傷，喬小刀心中大感奇怪。跑去問姊夫，他推辭說遇上了以前在京城的仇家，再問下去又什麼都不肯說了。

喬小刀的心情十分鬱悶，自己的姊姊是如何受的傷都搞不清楚，實在有辱她江湖俠女的名號。想去問她大姊吧，不是她大姊在睡著就是被段衍之攔下，還被教導要一切以她大姊的身體為重，於是喬小刀更鬱悶了。

喬小扇受傷的第三天，喬小刀照例鬱悶地開始她操持家務的一天。剛捧著砍好的木柴打算進廚房，就看到一道身影嬝嬝婷婷地朝段衍之的房間去了。

她很火大，因為那人是秦夢寒！

段衍之的房門並未關，秦夢寒端著一盤點心走了進去，放到桌上，乖巧地喚了他一聲，姿態十分端莊。

段衍之原本正在寫信，聽到她腳步的一瞬已經將桌面處理乾淨，待看到她此時的作為，眼神裡帶了絲意味深長。

想來他這位表妹也不是如表面上這般簡單的。既然是這樣，他便更不能給她一點希望。

正要說話，巴烏從門外快步走了進來。「公子，喬姑娘醒了！您囑咐我，她一醒就告訴您的。」

段衍之剛想點頭，看到一邊秦夢寒失望的臉色，眼中閃過一絲狡黠，忽而冷聲道：「巴烏，我已說過不止一次，你怎麼又給忘了？看來你的記性是越發的不好了！」

「啊？什麼？」巴烏有點摸不著頭腦，抬眼卻對上段衍之冷幽幽的眼神。

「記住，以後要叫少夫人，再叫一聲喬姑娘，看我如何罰你！」

巴烏頓時呆住，秦夢寒的臉則唰的一下就白了。

段衍之這才揚起笑容，起身朝外走去，與秦夢寒擦身之際，停下步子對她溫和地笑了笑。

「表妹是客人，以後這種粗活還是不要做了，否則若是傷到了哪兒，改日將妳送回京城時，姑母可不會輕易饒了我啊！」

他笑呵呵地出了門，秦夢寒卻頓時心如死灰。他居然要送自己回京城去?!

「表哥不怕我將你成親的事情告訴外祖父和舅母嗎？」

秦夢寒突如其來的話讓段衍之的腳步頓了一下，但只是片刻停留，他便又舉步朝前走去。

「無妨，醜媳婦總要見公婆，表妹若是要告知，我絕不阻攔。」

秦夢寒怔怔地看著他走出門去，再也說不出半個字來。

怎麼會這樣？為什麼她會遇到這樣的事情？如果就這樣回到京城，自己豈不是會成為所有人的笑柄？

秦夢寒強撐著快要暈倒的身子走到門邊，看著段衍之走入喬小扇的房中，忽然覺得自己被狠狠地搧了一個耳光。

她拖著步子朝客房走去，正對上喬小刀陰沈的臉色，心中越發委屈，當即加快步子衝到了自己屋內。

一直在房中坐到日上三竿，秦夢寒一直空白的大腦才總算回過神來。

她起身整了整衣裳，理了理鬢角後，出門朝喬小扇的房間走去。

巴烏不在門口，說明段衍之也不在。

她推開房門走了進去，房中的藥味撲鼻而來，甚至有些嗆人。她繞過屏風，一眼就看到喬小扇正靠坐在床邊，手中拿著一本書看得津津有味。

聽到響動，喬小扇抬眼望來，見到秦夢寒站在面前，笑了一下。「原來是表妹，怎麼有空來這裡？屋子裡味道可不是很好。」

秦夢寒一時不知道該從何說起，瞄了一眼她手中的書，勉強笑了一下。「表嫂在看什麼？」

「喔，相公見我無事可做，便將他從京城帶來的書找了幾本給我看，只是打發時間而已。」

喬小扇將手中的書合上，招手喚秦夢寒坐到床邊的凳子上，看了看她的神色，笑道：「表妹似有心事，可是有話要對我說？」

秦夢寒心頭一跳，抬眼直視著她。「表嫂倒是聰慧，既然如此，為何還要強留住表哥？」

話剛說完她便心中一驚，也不知道為什麼這話就脫口而出了，可是既然說了也沒有再收回的道理。

她皺了一下眉頭，盯著喬小扇繼續道：「難道表嫂不知道表哥的身分？」

「知道。」喬小扇像是毫不驚訝她會這麼說。「我看秦小姐是誤會了，我從未強留過世子，甚至至今還在勸他離開，若是秦小姐願意，可以幫忙勸一勸他，我絕不阻止，還會好生相送。」

喬小扇轉變了稱呼，也劃清了界限，說出的話讓秦夢寒錯愕無比，完全不知道該作何應對。

她怎麼也沒想到會得到這樣一番回答。

房門突然「咿呀」一聲打開，兩人俱是一愣，熟悉的腳步聲已從外室響起，緩緩接近。

段衍之的大半身子從屏風後露出來，抱著胳膊，一副閒適從容的模樣，衝著床上的喬小扇溫柔一笑。

「娘子說這話可真是叫我傷心啊！不過再傷心，我也不會離開娘子的。」

喬小扇一愣，秦夢寒頓時整個人都如墜冰窖。

段衍之這話顯然並不是隨口一說，像是要證明自己所言非虛一般，他走到喬小扇身邊坐下，伸手為她掖了掖被角，然後順帶自然而然地攬住了她的雙肩。

喬小扇幾乎已經呆滯得不知該做何應對，若不是一旁的秦夢寒再也受不了段衍之那副膩歪的表情而衝了出去，恐怕她還真一時半會兒回不過神來。

「世子這是故意做給秦小姐看的？」喬小扇動了動肩膀，避開了段衍之搭在她肩頭的手。

段衍之收回手，笑了一下。「娘子認為是便是吧，反正我是不會離開的。」

「為什麼？」喬小扇偏頭看著他。「我想不出你留在這裡的理由，話已經說到這分上，秦小姐也直言了她的意思，世子何必為難民女？」

段衍之委屈地看了她一眼，故意伸手去揉左肩，還不忘皺著眉輕輕「嘶」了一聲。「那日拚命救下娘子，還以為娘子不會再趕我走了，卻不曾想娘子還是如此絕情。」

喬小扇想起他當日護住自己的事情，心中一熱，再對上他的表情，不免對剛才說的話有些愧疚。「相公，你這又是何必……」她嘆了口氣，除了這話，似乎已經沒有其他言語可以說明她此時複雜的心情。

「娘子還肯叫我一聲相公便足夠了。」

段衍之心滿意足的一笑，卻讓喬小扇的心情更為複雜。

「相公為何一定要留下？」喬小扇已經不止一次想問他這個問題，可是每次話到嘴邊又嚥了回去。她又深深地嘆了口氣，像是要把心中所有積聚的愁悶都排遣出去般。「我早已說過，你我不可能相伴一生，而且我也不相信你是為我留下的。」

段衍之對上她的眼神，只覺得她像是要看到他的心裡去一般，目光探索甚至微帶犀利。

他知道喬小扇並不愚鈍，更甚至也許一早就在懷疑他執意留下的意圖，然而此時面對她的眼神，他腦中驀然想起的卻是她曾經說過的話。

她說過從未有人想跟她在一起，也說過人生來孤獨，更是多次自稱山野刁民而與他劃清界限。

喬小扇是特別的，並不僅僅是因為段衍之以前從未見過她這樣的女子，更因為她這個人本身的獨特。寡言冷漠，冷靜自持，武藝高強，重情重義……她的孤獨也許並非僅是因為兩年前那次砍人所造成的影響，更有可能是因為她自己本身，因為她的身上帶著不屬於尋常女子的烙印，由此便注定了她的不同尋常。

段衍之臉上的溫柔嬌嗔斂去，凝視著喬小扇清亮的眼睛，淡淡一笑。「娘子曾說人生來就是孤獨的，千般風景，皆為過眼雲煙，萬般塵緣，俱是人生過客。只是如若我是過客，也想停留得久一些，僅此而已。」

喬小扇眼神一閃，默默垂目。「過客……終究是過客。」

段衍之語塞，半晌之後失笑地搖頭。「娘子總有將人說得啞口無言的本事。」

「不是我有什麼本事，只是相公說不過我罷了。」

段衍之咳了一聲。「娘子好好休息，我去看看二妹的午飯做好了沒有。」

喬小扇點了點頭，順帶補充了一句——

「相公這算是說不過我，落荒而逃了是嗎？」

段衍之已經走到屏風處的腳步猛地頓了一下，撫額長嘆，然後加快步伐走出了門。

他的身後，喬小扇抿著唇，垂下了眼簾。

她不是有心打亂這氣氛，只是已經沒有進行下去的必要。

段衍之的話的確讓她大為震動，可是她永遠都清楚他們之間的差別。

侯門世子的夫人絕對不能是她這樣的女子，否則只會是個笑話。

她掀開被子下床，整理好儀容，開門朝外走去。

院中沒有人在，巴烏自然是跟著段衍之，秦夢寒必然還在屋中傷心，喬小刀不知人在何處，本該是用飯的時間卻見不到她的人。

喬小扇抬眼看了看天，碧藍如洗，又是個晴天，卻冷得出奇，年關已近了。

她轉頭看了一眼段衍之的房門，微微嘆了口氣，喃喃自語。「我已連累你受過一次傷，若是再出什麼事情，只怕將來追究起來，小刀也會遭殃……」

她在原地站了一會兒後，突然舉步朝院外走去，神情冷淡，隱隱透著一絲堅毅。

既然一切都是由她引起的，那便由她自己去面對。

金刀客的目標是她，她雖然不至於傻到去送死，卻也知道應該暫時引開他，以保證段衍之的安全。

第十七章

喬小扇一路往市集方向而去，抄了近路速度很快，到了街上也不過只用了片刻功夫。

鎮民們見她現身，立即有人在旁議論那日她受傷的事情，想必當日段衍之一身是血地抱著她回來的情景也著實震撼了不少人。

喬小扇根本沒有目的地，她現身不過是為了吸引出金刀客而已，但此行她有把握保住自己的性命，因此一路走來步調竟也輕鬆自如。

可惜，很快地她便輕鬆不起來了，因為她看到了喬小刀。

她還在奇怪喬小刀去哪兒了，卻沒想到會在大街上碰到她。

一群人圍在街道當中，人群中央便是喬小刀和當地鎮長公子，二人正面紅耳赤地互相瞪著，看那架勢似乎是在吵架。

喬小扇注意到喬小刀手中拎著幾個紙包，這才知道她是出來抓藥的，只是不知道她為何會與鎮長公子槓上。

誰都知道鎮長公子是當地的地頭蛇，可不是好惹的。

眼看著兩人又要開戰，喬小扇趕緊上前勸阻，圍觀的人群裡有眼尖的已經自發地給她讓了道，她暢通無阻地走到兩人跟前，一把拉住喬小刀。「小刀，妳這是在做什麼？」

「大姊，妳來得正好！妳我姊妹同心，好好地打壓打壓這個地頭蛇！」喬小刀擄了擄袖子，一副天不怕地不怕的模樣，甚至還朝張楚挑釁地抬了抬下巴。

鎮長公子冷笑道：「妳也好意思，這麼大的人還不懂事，妳大姊這是來尋妳回家了呢！」

「好你個潑皮！今天不讓你見識見識本姑娘的厲害，你是不知道天高地厚了！」

喬小刀聞言大怒，說著就要動手，卻被喬小扇一把抓住手腕。

「小刀！別鬧脾氣，這可是在大街上！」

要是平時，喬小刀懾於喬小扇的威嚴，定然已經乖乖聽話，可現在恰恰正是因為在大街上，才讓她更要面子，此時要她退讓絕無可能！

喬小刀被喬小扇抓著手腕不能動彈，一時心急，乾脆用力地甩了一下，卻忘了她大姊傷勢還未痊癒，她這會兒又在氣頭上，力氣大得很，這一下子竟差點將喬小扇推倒。

喬小扇往後倒退了幾步，險些摔倒之時，背後突然有雙手扶了她一把。

她穩住身形抬頭一看，周圍圍觀的眾人不知何時已經散去大半，站在一邊的是五、六個面無表情的男子，穿著一色的灰色短打衣裳，目光四下掃視。

「姑娘，沒事吧？」一道溫潤的嗓音自喬小扇身後響起，她轉頭看去，對上一張清秀的臉。

那是個約莫二十四、五的男子，穿著一襲白衣，雖然素雅卻不難看出衣料上乘，加之周圍跟著幾個獨特的隨從，身分定不簡單。

喬小扇粗粗看了幾眼，心裡閃過一番推測，朝他拱了拱手，行了個江湖禮節。「剛才多謝公子出手相助了。」

男子笑著點了點頭。「姑娘不必多禮，舉手之勞而已。對了，不知姑娘如何稱呼？」

喬小扇愣了一下，雖然萍水相逢就問名姓有些奇怪，但人家畢竟幫過自己，她稍稍猶豫了一瞬，還是開口答道：「在下姓喬名小扇。」

男子點頭笑道：「一扇清風灑面寒，應緣飛白在冰紈。小扇，真是好名字。」可能是看到喬小扇皺了一下眉頭，他趕緊朝她拱手行禮。「是在下唐突了，在下姓鴻，初來貴寶地，若有失禮之處，還請姑娘不要介意。」

「鴻？公子這個姓可不多見。」

喬小扇的話剛說完，喬小刀就擠了過來，扯了扯她的袖子小聲提醒——

「大姊，妳可別隨便跟別的男子多話，忘了自己已經嫁人了嗎？」

喬小扇瞪了她一眼。「妳不吵了？」

喬小刀乾笑了兩聲。「不吵了，剛才是妹妹我不小心，大姊妳可別怪我啊！」

喬小扇無奈地搖了搖頭，對鴻公子禮貌地笑了一下，拉著喬小刀就要離開，誰知還沒邁腳，段衍之已經帶著巴烏朝這邊走了過來。

喬小刀一見姊夫尋來，立即十分有先見之明地推著她大姊遠離鴻公子。

然而即使如此，段衍之還是一眼就朝鴻公子看了過去，隨即臉上露出了驚訝之色，他身後的巴烏也驚呼了一聲。

喬小扇等人正在奇怪，就見鴻公子笑容滿面地對段衍之道——

「多日不見，雲雨一切可好？」

段衍之收回驚訝，朝他點了點頭。「一切都好，確實……多日不見了。」

那鎮長公子在一邊嗤笑道：「我道是哪路神仙這麼自命清高，一來就吟詩作賦的，原來與這位兔兒爺是舊識啊！真是物以類聚，人以群分吶！」

喬小扇姊妹倆聽到，同時掃了他一眼，顯然對他這話很是不滿。

段衍之雖然在笑，眼神也有些陰冷。

敢說他是兔兒爺……

鴻公子身邊的隨從已有上前動手的傾向，但鴻公子抬手攔下，轉頭看著段衍之，像是根本沒有聽到鎮長公子的話一樣，臉上仍舊帶著笑意。「既然許久未見，不如一起聚聚如何？」

段衍之看了一眼喬小扇，朝她點了一下頭後，走到鴻公子跟前。「那便去你的下榻之處吧。」

鴻公子點了點頭，眼神幽深地看了喬小扇一眼，轉身率先朝前走去，段衍之與巴烏緊隨其後。

喬家兩姊妹怎麼也沒想到會這樣，一時間愣住，怔怔地看著兩人離去，許久才反應過來要回去。

誰知剛要走，又被鎮長公子攔了下來，他挑著眉毛看著喬小扇道：「喬小扇，我爹叫我傳句話給妳，妳爹留給妳的那東西妳還要不要了？」

喬小扇聞言臉色一變，趕忙拉過他朝旁邊走去。「我們找個地方說話。」

……

鴻公子一行人一直走到鎮上最好的客棧裡才停下，段衍之跟著鴻公子到了他住的房間門口，所有隨從以及巴烏都留在了門外，只有他一人進了房內。

房門剛關上的一剎那，鴻公子剛剛定下步子，段衍之便一掀衣襬，單膝跪地朝他拜倒。

「參見太子。」

第十八章

之前段衍之一直沒有收到太子的回音，還以為他礙於首輔胡寬的眼線而無法動作，卻怎麼也沒有想到他會親自來到天水鎮。

這般看來，實際情形似乎比他想像的要好一些。

太子扶他起身，拍了拍他的肩膀。「一段時日不見，似乎臉色不怎麼好，你這是怎麼了？」

段衍之受傷的地方被他一拍，頓時疼得咧了咧嘴。「太子手下留情，我身上可還帶著傷呢。」

「喔？」太子皺了皺眉。「胡寬做的？」

段衍之點頭。「他的目標是喬小扇，並不是我，我這傷也是為了救她而受的。」

「如此說來，你與她已經相識了？」

段衍之咳了一聲，心中暗道：何止相識，堂都拜了！

不過面上還是一本正經地點了點頭。「實話說來，相處得倒也不差。」

太子欣慰地一笑。「那就好。」他招呼段衍之在桌邊坐下，親手為他沏了杯茶。「說起來你受傷也是本宮之過，本宮向世子賠罪了，還望世子大人有大量，千萬莫怪才好。」

段衍之訕笑道：「太子這樣還真是讓人覺得生分了，我哪敢怪罪您啊？借我幾百個膽子也不敢啊！」

「你這張嘴倒仍舊厲害。」太子笑著搖了搖頭。「不過話說回來，這次的事情也的確是為難你了，將你捲進來實非我願，但你也知道，我只有你這一個可信之人了。」太子稱謂一換，之前故作架勢的氣氛頓消，兩人又回到了從前那般親密無間的時候。

太子的嘴才是真厲害，軟硬兼施，讓他半點推辭的餘地都沒有。

段衍之嘆了口氣。「既然已經涉身其中，此時也不可能再退出去，只是胡寬已經有所察覺，現在一直企圖將喬小扇滅口，證明他的確有見不得光的事情急著隱瞞。我身處此地，半點勢力也無，真怕難以護喬小扇周全。」

太子沈吟了一番，點了點頭。「你說的不錯，是我考慮不周了。」他抬手解下腰帶，從上面鑲著的一排玉石上取下了一塊遞給他。「你拿著這個，以後若是有需要幫助的地方，可以用它調動應天都指揮使，他是我的人。」

段衍之有些懷疑地看了看那塊玉石，又瞄了一眼他的腰帶。「如果這麼簡單，那你這條腰帶上的玉石豈不全是信物了？」

太子聞言失笑。「自然不是，你翻過來看看。」

段衍之依言翻過來一看，原來用來鑲在腰帶上的平面處有東宮的刻印。

他了然地一笑，將玉石收好，朝太子拱了拱手。「那便多謝太子了，不過用到的機會應該不大，若是真的動用了都指揮使，那事情也鬧得太大了。」

太子輕輕頷首。「沒錯，而那恰恰是我不想看到的。」

兩人稍稍沈默了一瞬後，段衍之伸手從懷中摸出一封信遞給他。「這是我今早剛剛收到的信件，裡面已經查到了一些事情，既然太子來了，一定要看看才好。」

這封信是尹子墨寄來的，既然段衍之完成了他交代的事情，他自然也要按約定幫他調查事情。

然而太子卻並沒有接那封信，只笑著搖了搖頭。「我知道你要說的是什麼，關於之前你提到近二十年間離開皇宮的大內侍衛，的確有一位，而且應該就是來了天水鎮這一帶。」

段衍之鬆了口氣。「不錯，信中也是這麼說的，而且還查出了姓名，此人原名喬振綱，後化名為喬榛。」

「喔？那你知道他是誰了？」

「應該正是喬小扇的父親，喬老爺子。」

「喬老爺子那東西放在這兒都這麼多年了，我爹年老，早已不想做這個鎮長，也該還給妳們了。」茶樓內，鎮長公子捏著茶杯，慢悠悠地對坐在對面的喬小扇道。

「既然如此，那便取回來吧。」喬小扇嘆氣。這東西事關重大，放在鎮長那裡還可以防萬一，但沒想到現在他老人家卻要交還給她了。其他時候倒還好，現在她已經被金刀客給盯上，真不是好時機。

「那好，妳今晚去我家裡，我爹會等在那兒的。」

喬小扇點了點頭。

走出茶樓，日頭剛剛開始西斜。今日這一趟出來本是要引出金刀客的，看來是毫無所獲了。

喬小扇迎著日頭瞇了瞇眼，她本指望著那件東西保她一命，逼退金刀客，卻不曾想鎮長在這個時候給她出了個難題，這東西要是被金刀客奪去可就不妙了。

她望了望浮雲翩躚的天際，想起當初父親臨終時的囑託，心中益發沈重。

「雲雨，你可知當初喬振綱為何會離開大內？」太子起身走至窗邊，背對著段衍之，眼神看著外面卻沒有著落點。

「我也正想問此事呢，還請太子據實相告。」段衍之亦起身，走至他身後站定。

「此事與當年的一樁慘案有關。」太子轉身看向他。「也許你也有所耳聞，就是二十幾年前將軍府被滅門之事。」

段衍之一怔。「將軍府那件案子？此事與這案子有何關聯？」

「當然有關聯，喬振綱在離開京城之前最後待的地方便是將軍府，也就是說，喬振綱是見證了將軍府那件慘案的人。」太子說起這件往事，語氣有些沈重。「當年此案很快被壓下，喬振綱出走之事也一併被塵封，如今想來才知其中有蹊蹺。」

段衍之聽出他話中的意思，沈吟著道：「太子是說，造成將軍府滅門慘案的人便是首輔胡寬？」

「極有可能。雖然現在種種跡象都表明胡寬與當年那樁慘案脫不了關係，但沒有鐵證，我們也不能將他怎麼樣，畢竟他如今根基深厚得很。」太子按了按眉心，深深地嘆了口氣，再抬頭時卻對上段衍之一臉深思的面容。

「莫非……太子叫我查喬小扇此人，其實還有其他用意？」

太子一愣，笑出聲來。「果然是心智高深的段衍之，你猜得不錯。」

「那麼，是否與她的身分有關？」

太子撫掌道：「我真是沒有找錯人，一點就透，真是人才！」

段衍之沈著臉。「我覺得你直接告訴我她的身分，比誇我要更實際。」

「咳咳……」太子乾咳了幾聲。「其實你自己也可以猜出來，這點也是我想的，並不確定。」

段衍之垂眼思索了一番，點了點頭。「我倒是猜到了一些，不知道對不對。我想喬老爺子當年既然會出現在將軍府，肯定是與大將軍私交甚密。他武功高強，見到將軍府有事絕對不會坐視不管，必然會出手相助，但將軍府最後還是遭到了滅門，可見對方來勢兇猛的程度。不過既然喬老爺子能活下來還離開了京城，必定是有緣由的。」

太子讚賞地看著他。「比如說什麼緣由呢？」

段衍之深深地看了他一眼。「比如說他救下了將軍府中的人，為了保住其性命，只好遠離京城。」

「不錯、不錯！」太子笑著拍了拍手。「推理得合情合理！那麼你認為喬老爺子救下的是何人呢？」

「喬小扇。」

段衍之心中已經將所有事情都串連了起來，神情卻有些複雜。

因為照這麼說來，喬小扇其實早就知道自己的身分，砍人也的確是為了報仇。

簡而言之，她知道的要比段衍之知道的多得多。

然而段衍之一直以來都認為自己是瞞著她的那個人，卻不曾想他也被喬小扇瞞了不少。他心中有些波動，倒不是因為喬小扇瞞了他，那本在情理之中，無可厚非。他只是突然有些理解了喬小扇一直以來的隱忍。

原來她所期待的平靜的生活、一切都為了兩個妹妹考慮的初衷，都是有原因的。

「你猜的與我想的一樣。」太子在旁附和道：「我也認定喬小扇是將軍府遺孤，倒並非有意瞞你，很多事情我也是最近才知曉。」

段衍之扯了扯嘴角。「難怪先前在街上你會那樣看著她，想必一早就盯上她了吧？」

「那倒不是，我也是剛到不久，打聽到喬家後便派人去查看，不過她機警得很，我的人都不敢離得太近，只是在喬家門口守著，見她出門朝市集而來就趕緊回來稟報予我，我這才有機會去看看她是何模樣。」

段衍之好奇地看著他。「莫非你還對她長什麼樣子感興趣？」

「自然。」太子笑著搖了搖頭，一副自嘲的模樣。「如若當初沒有那樁慘案，將軍府也未曾遭到滅門，那麼她現在該是大將軍的掌上明珠才是。」

「這個自不必說，難道只因為這個你就想看看她長什麼模樣？」段衍之擰著眉，似有些糾結。

「當然不是因為這個，還有其他原因。」太子走到他跟前，神秘的一笑，湊到他耳邊小聲道：「你可能不知道，其實如若沒有當年那件事，大將軍之女本該是當今太子妃。」

段衍之的眼睛驀地睜大，詫異地看向太子，下一刻膝蓋一軟，人已跪倒在地。

「嗯？雲雨，你這是做什麼？」太子對他的舉動有些莫名其妙。

「敢、敢問太子，我朝律法規定，強占他人之妻該做何論罪？」

「啊？」太子退開一步，仔仔細細地將他看了一遍。「雲雨，你這是唱哪一齣啊？這些你知道的怕是比我還要清楚，就不用我說了吧？」

段衍之抬袖抹了抹額頭。「那……如若下臣強占了上級的妻子呢？」

太子皺眉。「你到底在說些什麼？誰是下臣？誰又是上級？」

段衍之抬眼怯怯地看了他一眼，隨即一拜到底，視死如歸般喊了一句——

「太子恕罪，微臣已經與喬小扇拜堂成親了！」

「什麼?!你們……」太子目瞪口呆，他來這裡不過短短月餘，居然都將人家調查成自家娘子了？

太子暴躁了，這是什麼混帳事！

第十九章

室內燭火搖曳，秦夢寒正在房中收拾行囊，房門並未關，以至於段衍之剛到門邊便看到她忙碌的身影。

「表妹這是要走了？」

秦夢寒的動作頓了一下，眼裡閃過一絲竊喜。她自剛才已經重複這收拾的動作不下百遍，門也故意開著，總算是等到了他出現。

「表哥既然想我離開，那我便走吧，免得礙了你與表嫂的眼。」秦夢寒委屈地看了他一眼，扭頭繼續手上的動作。

「什麼？」段衍之驚訝非常，疾走幾步進入屋中。

秦夢寒聽到他的反應，心中暗自得意，悄悄提了口氣，做出傷心的模樣轉過身去，沒想到對上的卻是段衍之一張興奮非常的臉！

「表妹，真是心有靈犀啊！我來找妳就是為了勸妳離開，沒想到妳自己倒先想通了，實在再好不過！」

秦夢寒錯愕地看著他。「表哥你……」這莫非是傳說中的弄巧成拙抑或是搬起石頭砸自己的腳抑或是自作孽不可活？

段衍之對她露出這樣不合常理的表情絲毫不予理會，繼續笑咪咪地道：「表妹，妳的決定是對的。天水鎮這般窮鄉僻壤之處，實在不適合妳這樣的千金小姐逗留。這樣吧，妳先準備準備，明日我便讓巴烏送妳回京，有他在，妳一定會早日安全回到京城，這樣姑母、姑父也能早日安心。」

秦夢寒怔怔地說不出一句話來，段衍之朝她安撫地笑了笑，一副心疼妹妹的好哥哥模樣，然後囑咐了幾句無關緊要的話便出了房門。

他之所以要秦夢寒離開，主要還是因為太子的到來。

如今因為與喬小扇拜堂成親已經讓太子心生不悅，若是再讓他知曉了與自己有婚約的表妹也來到了天水鎮，恐怕情況會更加不妙。

何況，段衍之自己也不想將事情弄得複雜。

這個表妹是個尷尬的存在，若是在這裡出了什麼事情，也許他會沒事，整個喬家卻是無論如何也脫不了干係的。

總之，無論出於哪一方面的考慮，秦夢寒都是應該離開的。

可是秦夢寒的本意只是為了要使使性子，從而讓他心生愧疚甚至憐惜，更甚至是退步。然而她不知道她這位表哥關鍵時刻裝傻充愣的本領也是一等一的，所以基本上她要回去這件事情已經是板上釘釘的事實了。

秦夢寒甩手丟下收拾了一半的行李，坐到一邊的凳子上自顧自的生悶氣。

這段日子她也算是受夠了，原先自己的未婚夫莫名其妙地娶了別人也就算了，還讓自己陷入現今這種難以自處的境地。做人如她這般，已經丟臉丟到家了！

她猛地站起身來，一把提起擱在桌上的包袱，胡亂地打了個結就塞進懷裡抱著出了門。

既然已經到了這地步，最起碼也要給自己留點臉面，此時走，說起來還是自己走的，明日由巴烏送，便是被生生趕走的，怎麼著都是不一樣的。

秦夢寒正在氣頭上，腳下猶如生了風一般，院子裡也沒有人在，她直到出了喬家院門才停下步子轉頭看了一眼，然後咬了咬牙，忍著差點掉下的淚水，就要轉身離開，卻在最後一刻忽然看到一道熟悉的身影。

那是喬小扇。

她慌忙躲在角落裡，注視著喬小扇走出去很遠才站起身來。

心中的好奇是無論如何也遮擋不住的，秦夢寒猶豫再三後，還是決定跟去看看。

她知道喬小扇會武，並不敢走近，只有遠遠地跟著。要不是喬小扇受傷，腳程不快，她差點便要跟丟了。

這一路走得極為偏僻，中間進過幾個巷口，經過多少人家已經無法計算，直到秦夢寒快要迷路之際才看到喬小扇停了下來。

她的面前是扇古樸的大門，宅子修得很大，看得出是個有身分的人家。喬小扇在那扇門上輕敲了幾下，不多時便有人來開了門，是個年輕男子，濃眉大眼，在門邊燈籠的照映之下，依稀可看出他神情間的一絲流裡流氣。

秦夢寒眼見著喬小扇跟著那男子走進門去，得捂著嘴才沒驚訝地叫出聲來。

她她她……居然夜會其他男子?!

不行，一定要回去告訴表哥！

秦夢寒立即就轉身按原路返回，提著裙角朝喬家一路飛奔而去，再也不顧什麼大小姐該有的矜持端莊。

然而，很快地她就停下了腳步，因為有人靜靜地站在她前方擋住了道路，不甚明亮的月色下，依稀可見一柄金黃色的彎刀寒光閃爍……

秦夢寒這一走，直到第二天才被發現。彼時喬小刀萬分不耐地去敲她房間的門，請這位整日端著大小姐架子的表妹出來用早膳。誰料敲了半天的門也沒有得到回應，乾脆不高興地推門進去，這才發現已經人去房空了。

其餘的人得到消息都吃驚不已，房間裡的東西都整整齊齊，顯然是她自己離開的。

段衍之連忙叫巴烏出去尋找，但是秦夢寒走的時候是晚上，這會兒都一天過去了，她若是連夜趕路，此時必定已出了天水鎮了。

一番忙碌無果之後，段衍之只有寄希望於她能像來時那般好運，路上不要出什麼岔子。

喬小扇原先還打算帶著喬小刀一起去找找，但是喬小刀十分不情願，加之她又受了傷，段衍之等人都勸她不要外出，只好打消了這個念頭。只是心中仍舊有些忐忑，畢竟是千金小姐，若是出了什麼事，誰也擔不起責任。

昨晚到後半夜才回來，喬小扇其實很疲倦，但是在床上翻來覆去了許久，也睡不安穩，始終擔心會出什麼事情。

天剛亮，她突然被驚醒，一個翻身坐起身來，只聽到門外一陣輕響，似乎有什麼東西敲在了門板上。她披衣下床，從枕頭下摸出一把匕首，躡手躡腳地走到房門邊，聽了一會兒動靜，一把拉開了房門，卻發現外面剛剛泛出魚肚白，根本半個人影也無。

喬小扇皺了一下眉頭，剛要關門，眼神掃到門板上，驀地停了一下。

一支飛鏢插著一封信件釘在門上。

她抬手取下信件，快速地打開掃了一眼，心中一緊，無奈地閉了閉眼。

千擔心萬擔心，終究還是出了事。

信是距此五里之外大義山上的馬賊們寄來的，無非是秦夢寒此時在他們手中，要人便拿銀兩來換之類的話。

喬小扇捏著信件靠在門邊想了想，總覺得這其中有些蹊蹺。

且不說大義山的馬賊們因為近年來國富民安，早就不再做刀口營生，那山上十幾個爺兒們誰不認識她喬小扇？再怎麼也不可能會劫了她這兒的人來問她要錢才是。

這其中必定有什麼不為人知的緣由在裡面。

喬小扇左思右想，段衍之的身分高貴又不會武功，不能身犯險境，因此還是決定親自去看看。

她回到房內梳頭更衣，然後從自己的床底拖出一只落滿灰塵的木箱，從中取出了許久不用的長劍揹在身後，給喬小刀留了個紙條便出了門。

一直到了鎮東的驛站，喬小扇租了一匹馬，快馬加鞭地朝大義山趕去。

天色大亮，層雲中陽光破出，一人一騎疾馳而去，塵土陣陣，只可見馬上之人孤傲冷峻的背影。

到達大義山山腳時，山中霧氣早已散去，日頭漸濃，寒氣被驅散了不少。

喬小扇將馬拴在山腳，提起輕功快速朝山上而去。若不是因為傷勢還未痊癒，她的速度應該更快，不過即使如此，到達山腰大義寨時也不過只用了片刻時間。

眼前是一片空曠的場地，場地盡頭便是由粗圓的木頭搭建而成的山寨大院，圍欄頭部都削得極尖，以作抵禦。當中是足可容納六、七匹馬並排進入的大門，兩邊有高高的崗哨台。

兩個身著黑色短打勁裝的男子一邊一個立於台上，看到她齊齊喝了一聲——

「來者何人？」

喬小扇淡淡地抬眼掃了二人一眼。「喬小扇。」

她站在那裡動也不動，背後的長劍卻尚未出鞘便似已散發出凜冽寒氣。雖是娉娉婷婷一女子，卻不輸於任何江湖豪傑的氣勢。兩個男子聽到她的名號愣了愣，待仔細看過她的模樣氣度，心知此人可能有些來頭，其中一個已經轉身朝院內揮旗，告知有人到訪。

不一會兒，當中大門大開，一行人走了出來，為首之人是個年屆中旬的男子，方臉闊額，濃眉大眼，一臉絡腮鬍子，一看便是豪爽之人。

他帶著三、四個人走到喬小扇十幾步開外站定，似有些尷尬般咳了一聲。「喬家老大，許久不見了。」

喬小扇一把從背後抽出長劍，於劍身低吟間冷冷地開口——

「半炷香之內將人交出來，不然你該知道會怎樣。」

第二十章

大義山下，一行人騎馬從遠處快速趕來，至山腳，眾人齊齊勒住馬頭，前面幾人散開，當中一人打馬而出，抬頭朝山頂望了望，轉頭問身邊的人——

「喬小扇便是來了此處？」

旁邊一人趕緊垂首回稟：「是，殿下。」

「只她一人？」

「是，世子並未相隨。」

太子想了想，點了一下頭。「那我們上去看看。」

身邊之人連忙攔住他。「殿下不可！萬一有危險……還是屬下們上去吧。」

太子掃了幾人一眼，壓低聲音道：「首先，不可再喚我殿下，以免隔牆有耳。其次，我叫你們盯著喬小扇便是為了弄清事情原委，到了這地步豈有不上去的道理？」他冷下了聲音。「莫非你們是覺得自己學藝不精，無法保護本宮……本公子？」

「屬下不敢。」眾人連忙抱拳，一副惶恐之態。

「那就是了。不要耽誤時間，現在便上去，我倒要瞧瞧喬小扇來此到底有何目的。」太子翻身下馬，隨行的護衛們自然不敢落後，紛紛跟著下馬，將馬匹拴好，護著他朝山頂而去。

一路往上，護衛們四處掃視，走得很慢，以至於到了山腰大義寨前已經是日上三竿了。

太子遠遠地看到陽光下站著的那個背影，抬手叫眾人止步，全都隱於樹後，靜靜地盯著她的動靜。

喬小扇一手執劍，劍尖抵地，劍身在陽光下泛出凜冽寒光，如同她孤傲的背影，讓人不敢接近半步。

「半炷香時間已經過去，還不交人嗎？」喬小扇抬眼一掃，面前的幾人都不自覺地後退了半步。

過了一會兒，當中的大漢四下看了一眼，湊近了幾步，不過走得很是小心翼翼，眼神一直盯著喬小扇手中的長劍。

到了跟前，他攏著嘴小聲地道：「喬家老大，別說我故意找妳麻煩，妳是聰明人，該知道我這也是被逼無奈了。」

喬小扇看了一眼他身後緊張兮兮的跟隨者，將長劍收起。「是誰叫你這麼做的？」

話音剛落，大門處突然傳來「叮」的一聲輕響，喬小扇抬眼看去，一人從寨門中緩緩走出，手中那柄金黃色的彎刀被陽光一照，簡直要晃花了眾人的眼睛。

「果然……」喬小扇輕轉手腕，原本已經負在身後的長劍又提到了身前，冷笑了一聲。「沒想到你還是不死心。」

「重責在身，不得不出此下策，還望喬姑娘見諒。」金刀客的眼神輕蔑地掃過四周往後退避的山賊們，勾著嘴角笑了一下。

他自詡這個計劃天衣無縫，在此地除去喬小扇，屆時可以說是這些山賊們與之械鬥時所致，青雲派也無話可說。

喬小扇的眼神輕輕閃爍了幾下，暗自在心中權衡了一番，忽而丟了手中的長劍。「既然如此，看來我今日本該有此一劫，不如我束手就擒，閣下放了秦姑娘，讓她安然歸京如何？」

金刀客讚賞地看了她一眼。「果然是女中豪傑！當初聽聞妳砍過人，在下還不相信，今日總算見識到了喬姑娘的氣度。」他朝身後正縮著身子、拚命往後退的山賊們揮了一下手。「去將人帶出來放了吧，我也好早日解決了這裡的事情，回京覆命。」

山賊們一致看向喬小扇，眼神裡頗有些擔憂，但很快就移開了視線，轉身返回寨中放人去了。

金刀客一步步走近喬小扇，臉上帶著得意的笑容。

前兩次失手已經讓他顏面盡失，這次無論如何也要完成任務。

他仔細地盯著喬小扇，想要從這個瀕死之人的臉上找到一絲絲恐懼，卻發現她一如既往的平靜，甚至眼看著他接近也沒有半分退卻。

這一刻，金刀客心中竟對喬小扇起了一絲敬意。

刀鋒即將落下之際，喬小扇突然道：「你告訴胡寬，即使我做了鬼，也不會放過他的。」

金刀客手勢微微一頓，喬小扇突然屈起兩指直襲其面門，動作快如閃電。

因為距離不近，喬小扇的話太子只勉強聽見一個「胡寬」的名字，已然心中大震，趕忙手一揮，召集護衛們聚攏，盯著那邊已經陷入纏鬥中的兩人，低聲吩咐道：「無論如何，要護住喬小扇周全。」

護衛們得令，迅速地朝兩人的方向而去。

喬小扇剛才那招是必殺之招，關鍵時刻用來保命的近身格鬥之術。奈何因為傷勢還未痊癒，這一招並未發揮全力。

金刀客往後仰倒，避開了面門受襲，只是這一招落在其胸前也是十足的霸道，讓他差點斷了一根肋骨。他怒從心起，立時全力向喬小扇攻來。

喬小扇翻倒在地上避開其鋒芒，順勢抄起長劍抵擋。

金刀客步步緊逼，正要一舉定乾坤之際，對面忽然快速奔來幾個灰衣人，俱是手執長劍，剛到跟前便不由分說朝他撲來，根本不給他一點反應的空隙。

喬小扇驚訝無比，細細地打量了那些人一陣，認出來他們便是當日在街上見過的那位鴻公子的手下，卻不知他們因何會出現在這裡。

正想著，寨門口突然傳來一陣驚呼。喬小扇舉目望去，秦夢寒已經被帶了出來，見到現場的打鬥似乎十分害怕，捂著臉一個勁兒地往後退。

時間緊迫，喬小扇跑到她跟前，一把拉住她就朝山下跑去，根本不顧她害怕的尖叫聲。轉頭一看，金刀客似乎想要追來，但被那幾個灰衣人困住，一時也脫不開身。

喬小扇不敢停頓，一路拉著秦夢寒往山下狂奔。原先下山路就難走，再加上速度快，秦夢寒跌跌撞撞不知道摔了多少跟頭，奈何喬小扇一直死命地扣著她的手腕，半點也不讓她放緩速度。

一直到了山腳，兩人總算停了下來，秦夢寒一把甩開喬小扇的手，邊喘粗氣邊沒好氣地指著她。「妳……妳是故意的嗎？讓我摔那麼多跟頭……」

喬小扇眼神一冷。「我看秦姑娘妳才是故意的吧？自己不告而別，惹人擔心，現在出了事還這麼多話！」

秦夢寒被她吼得一愣，半天回不過神來。

喬小扇從旁邊牽過自己的馬來，叫她上馬。「既然要走，現在就走，留下若是再出事，我可不保證再去救妳一次！」

秦夢寒咬著下唇，又生氣又委屈。「我……我不會騎馬。」

「那就現在學！」喬小扇不由分說地一把扯過她，將韁繩塞在她手中。「妳是要自己上馬，還是要我提妳上去！」

秦夢寒幾乎要被她吼得哭出聲來，貝齒都快要把下唇咬出血來了。

雖然不甘，可是喬小扇說的都是事實。她忿忿不甘地跺了跺腳，踩著馬鐙，艱難地翻上了馬。

喬小扇托著她坐好，從懷裡摸出一柄匕首給她。「一路小心，若是再遇上什麼事情，散了錢財也要保住命。」

雖然到底是接過了匕首，秦夢寒卻沒有搭理她的意思。

喬小扇看了看山頭，乾脆用力地一拍馬臀，送了她一程。等秦夢寒一路尖叫著絕塵而去，她才總算鬆了口氣。

「不愧是女中豪傑，喬姑娘的膽識氣度讓人欽佩。」

喬小扇轉身，身後站著白衣翩翩的鴻公子，臉上一副溫和讚賞的笑意。

「沒想到還能在這裡遇到鴻公子，實在出人意料。」喬小扇語帶深意，上下掃了他幾眼，面上微帶警戒。

太子輕笑。「今日天氣甚好，我一路遊覽而來，到了這山頭便想去隨便逛逛，卻不曾想遇到了喬姑娘受歹人所迫，自然不能坐視不理。」

喬小扇面無表情地點了點頭。「大冬天的出來遊山玩水，通常都是遊手好閒、無所事事的富家子弟喜好做的，鴻公子則要更甚，大冬天的不僅喜歡遊山玩水，還喜歡往杳無人煙的深山中鑽。」

「咳咳……」太子尷尬地笑了一下。「喬姑娘果然快人快語，實在豪爽。」

喬小扇看了他一眼，拱了拱手。「多謝公子今日出手相救，但現在山上還有我十幾個故友身處危險之中，公子請隨意，少陪了。」

「不用去了，那刺客已經走了。」太子攔下她，笑著道：「舉手之勞而已，姑娘又何必言謝。」

喬小扇腳下一頓，猛地轉身看著他，像是聽到了什麼讓人震驚的話。

「怎麼了？」太子對她這副表情十分奇怪，忍不住上下看了看自己，卻並未發現什麼異樣。

喬小扇走回他跟前，驚訝之態稍減。「鴻公子與我家相公是舊識，可也是京城人士？」

「正是。怎麼了？」

喬小扇盯著他，眼中光芒閃動，像是有許多話要說，最後卻只是張了張嘴，輕搖了一下頭。

「多謝公子相救，既然刺客已走，我便回去了。」她行了一禮，轉身離去，腳步迅速。

太子在她身後猶自奇怪，卻見遠處一人跨馬而來，塵土飛揚，衣袂翩躚。行至喬小扇跟前時，他勒住馬，臉上神情明顯一鬆。

「娘子，妳沒事吧？」

喬小扇仰頭看向段衍之，他正俯身看著她，背著陽光，半張臉都看不分明，只可見他眼中盛滿了擔憂。

她心中一暖，垂眼點了一下頭。「我沒事，多虧了鴻公子出手相助。」

段衍之坐直身子朝太子看去，二人對視了一陣，朝他遙遙抱了抱拳，算是道了謝。

太子朝他微微點頭，算是回應。

「娘子，剛才我與巴烏看到了表妹，巴烏已經送她回去了，不必擔心。」段衍之朝喬小扇伸出手來，微微一笑。「我們回去吧。」

喬小扇一愣，他居然什麼都沒有多問，可這一句回去卻讓她心中微震。她頓了頓，忽然轉身朝太子的方向看了一眼。

段衍之心中一緊，順著她的視線望去，太子卻仍舊是那副溫和的表情，看不出什麼端倪。

他正覺古怪，忽覺手中一涼，低頭看去，喬小扇已經將手搭在他手中。

「回去吧。」

段衍之笑著點了點頭，攥緊她的手，一把將她拉上馬，擁在身前，調轉馬頭，打馬而去。

第二十一章

回去後不久，段衍之便發覺了喬小扇的不對勁。

起先她是追問太子的身分，不下一遍地問他到底鴻公子是世家子弟還是江湖俠客。再然後就是經常出門，而讓段衍之萬分頭痛的是，居然好幾次在太子下榻的客棧附近找到她的蹤跡。

種種跡象表明喬小扇對太子很不一般，段衍之甚至注意到她徘徊在太子客棧附近時的神情，似猶豫、似期待、似掙扎……

總之不是什麼好徵兆，畢竟喬小扇一向待人冷漠，如今乍一關注起別人來，段衍之便覺得相當的不舒服，即使那個人是太子也一樣。

不過要段衍之明明白白地問清楚也實在困難，他實在想像不出自己衝過去問喬小扇「娘子妳是不是看上了鴻公子」這樣的問題會是一副什麼光景。

實際上，此時的他自己也十分掙扎。

與喬小扇接觸愈久便瞭解越深，如今段衍之可以毫不避諱地承認自己對她頗有好感，但他更清楚太子那番警示的話有多重。

不管自己對她感覺如何，此時也不可表露分毫，尤其是在一切都還未弄清楚之前。

萬般糾結中的段衍之，先是於某個月黑風高的夜晚喬裝改扮地去了一趟大義山，夜半三更間將那群山賊們拉起來詢問當日喬小扇現身後的實際情形。可憐的山賊們以為金刀客去而復返，嚇得又嚎又叫，好半天才安靜下來。結果這一趟無功而返，因為山賊們供述喬小扇當日的經歷實在半點異樣也無。

段衍之只好又去太子那裡打探消息，然而一番旁敲側擊之後，太子絲毫沒有異常，直到最後才說到喬小扇似乎當日聽他說了一句話後就有些古怪，這才引起段衍之的注意。

太子清楚地記得自己說過的話，一句是「不用去了，那刺客已經走了」，還有一句是「舉手之勞而已，姑娘又何必言謝」。

段衍之這才恍然大悟，原來喬小扇對太子突然如此關注不過是因為從這兩句話裡聽出了他的身分有異而已。且不說太子如何知道金刀客是刺客，就是那句「舉手之勞」也足以彰顯他非比尋常的身分了。

以眼神控訴了太子的粗心大意之後，段衍之正要心情愉悅地回喬家去，一臉鬱悶的太子突然開口道——

「雲雨，我覺得我們應該將喬小扇帶回京城去，此地實在凶險。」

段衍之對他口中的「我們」一詞糾結了一瞬，方才點頭表示同意。「太子有何打算？」

「此事事關重大，最好不要牽扯到定安侯府。若是到了京城，我會想辦法來安置她的。」

段衍之剛想開口婉拒，又聽太子道——

「何況你自己並無武藝傍身，若是喬小扇與你在一起時受到襲擊，牽連到你身上，我也不好向侯府交代。」

段衍之會武之事除了家人和心腹之外幾乎無人知曉，即使是一起長大如同手足的太子也被蒙在鼓裡，加之他一向以弱示人，會被這麼說也不奇怪。

段衍之不自然地咳了一聲，扯了一下嘴皮子。「太子當初叫我出來查喬小扇時，可沒有照顧我是否有無武藝傍身。」

太子臉色一僵，臉上閃過尷尬。「今時不同往日，當初我無論如何也沒想到胡寬會發現你的蹤跡。」

段衍之微微一笑，不置可否，漆黑的眸中卻是異光浮動。「太子覺得小扇與眾不同吧？」他細細地打量著太子的神情，抱著胳膊，似漫不經心般道：「生長於山野之間，堅韌孤傲，不媚不俗，進退有度，雖為女子卻有不輸男子的氣勢風致，太子會對她感興趣，實在一點也不奇怪。」

太子皺了一下眉頭，抬眼不悅地看著他。「你這話是何意？難不成本宮會對一個只有幾面之緣的女子有興趣？」

「皇室貴胄，歷來如此，不是嗎？」

「你——」太子冷哼了一聲。「雲雨，你可知自己在說什麼？」

段衍之斂去笑意，一掀衣襬，單膝跪地。「微臣冒犯，望太子恕罪。」

太子眼神閃了閃，臉上又重新揚起笑容，扶他起身道：「哪裡，是我話重了。你我本如手足至親，何須若此。」

段衍之起身朝他一笑。「既然是手足至親，那雲雨便再冒犯一句。太子叫雲雨不要因情誤事，以免打亂大局，這句話太子自己也該謹記才是。」

「你說的是，我自然有數，何況喬小扇現在也是你的娘子。」

段衍之朝他抱了抱拳。「太子不愧是雲雨兄長，有這句話，我也可放心繼續辦事了。」

太子勉強笑了一下，點頭道：「你放心，明日我便動身回京，屆時你與喬小扇一起上路，輕裝簡從，也好避人耳目。一切還是等到京城再說吧，我自有安排。」

段衍之知道他話中的意思，喬小扇若是想要留在侯府，怕是很難。原先才好了一些的心情，又有些不舒服了，他氣悶地朝太子行了一禮，告退離去。

回到喬家，段衍之還在思索著要如何跟喬小扇提及一起去京城的事情，一時便沒有著急開口。

這一停頓，直到太子等人已經離開天水鎮也沒有提起。他就像是已經忘了這件事一樣，若不是喬小扇又來問起太子的事情，他幾乎連太子也一併忘了。

喬小扇這次是因為太子突然離開而來詢問的，段衍之終究是忍不下去了，委屈地看著她道：「娘子終日詢問鴻公子，可知我這個做相公的心情？」

喬小扇一愣，不好意思地看了他一眼，終於不再問了。

段衍之卻因她這一問又察覺到了不對，看她對太子離開這麼關心，莫非並非只是因為他身分的關係？

正當段衍之思索著要不要讓喬小扇清醒地認識到自己是個有夫之婦的時候，巴烏已經順利完成護送秦夢寒的任務返回了。

巴烏見到他時是一副憂心忡忡的表情，等交談完之後，段衍之也跟著憂心忡忡了，因為巴烏帶來了侯府的信，是他母親親手所寫，只有一句話——

帶著你媳婦兒回來見我。

原來巴烏送秦夢寒返京當日，秦夢寒便將段衍之在天水鎮成親的事情告訴了老侯爺，老侯爺一聽，氣得差點背過去，當即喚來兒媳商議，段母便立即修書一封，叫巴烏帶來給段衍之，清楚明白地告訴他沒有任何反抗的餘地。

於是段衍之總算走到了要帶喬小扇回京的一步。

喬小扇倒是比他想像的要冷靜得多，聽了他的話後，先是叫來喬小刀囑咐了一番，接著便開始著手準備。

出發的天氣與喬小葉離家當日十分相似，沒有太陽且起了大風。

喬小刀站在父母的墳前學著當日喬小葉的腔調，故作深沈地吟嘆。「今日一別，飛沙走石，天昏地暗，人生怎堪別離啊……」

這次喬小扇已經懶得打擊她了。

祭拜完父母，喬小扇翻身上馬，轉身看了看鎮口，朝打馬至自己身邊的段衍之道：「這還是我第二次去京城。」

段衍之知道她說的是兩年前砍人之事，輕輕點了一下頭。「這次不同過去，我們不妨一路遊山玩水，反正在年前趕到就可以了。」

巴烏好心地在一旁提醒道：「公子，夫人說要盡早——」

但見段衍之一個眼神掃過去，他頓時怏怏地閉了嘴，不作聲了。

段衍之笑咪咪地與喬小扇並駕前行，漫不經心得好似在觀賞周遭景致，心中卻想起了在京城等候他們到達的太子。

讓他盡早回去？想得倒美！

第二十二章

從天水鎮到京城路途遙遠，期間有很長一段路只有驛站並無村落。

段衍之因為有心放慢速度，在進入這段路程之後終於造成了前不著村、後不著店的局面。

一行三人直到天完全黑透才找到了落腳的驛站，連巴烏這樣的壯漢也冷得直哆嗦，進入驛站的時候不斷地用眼神控訴他這令人髮指的行為。

好在驛站修得不錯，密實得很，一絲風也鑽不進來。大廳裡燒著炭火，熱氣十足，段衍之與喬小扇踏入廳中，渾身的寒氣都去了大半，只覺得身上的毛孔都舒展了開來。

年關已近，驛站裡投宿的人很多，連大廳裡也擠滿了人，有些客囊羞澀的旅人甚至直接帶著行頭在此打地鋪過夜。

段衍之三人在下面草草地用了些晚飯後，跟著負責此處的小夥子上樓。

到了客房門口，那小哥十分為難地道：「只剩下一間像樣的客房了，我看公子身邊的這位大哥可以與在下擠一擠，你們夫妻二人就住這一間房吧。」

喬小扇聽完一愣。「什麼？」

段衍之則在旁讚賞地看了他一眼。「這位小哥好眼力，一眼就看出我們是夫妻了！」

喬小扇在一邊抽了一下嘴角。「相公，你到底有沒有聽到重點？」

「自然。」段衍之笑咪咪地湊到她耳邊低語：「娘子，出門在外多有不便，妳也不要為難人家了。」

喬小扇轉頭一看，那小哥果然面露難色。她最見不得別人為難，只好點了點頭，無奈地轉身進屋。

房間很小，只有一張桌子、一張床而已，不過很整潔。

喬小扇將行李擱下，轉頭看向段衍之，神情有些尷尬。「我去為相公打熱水來，相公先休息吧。」

段衍之剛想說什麼，見她人已閃身出門，只有搖頭低笑。

待喬小扇打了熱水回來，段衍之卻仍舊衣衫齊整地坐在桌邊。

「相公怎麼還沒休息？」

段衍之微微一笑，起身道：「還是娘子休息吧。身為男子，豈有讓自家娘子受凍的？既然娘子覺得尷尬，我便下去與其他人擠一擠好了。」

喬小扇趕緊攔住他。「相公，以你的身分，怎麼可以去跟別人擠一擠？」其實她想說，以他如此弱不禁風的身子骨，也實在不適合做這類事情。

「放心吧。」段衍之溫柔地笑了一下。「適才上樓時，聽聞有人在下面說今晚有天火流星的奇觀，我其實是想去看看，可不是為了娘子妳。」

喬小扇攔著他的胳膊緩緩放下。「真有這樣的奇觀？」

段衍之點頭，正要出門，袖口又被喬小扇扯住。他回頭笑道：「娘子怎麼如此依依不捨？我真的是出去看那星子的。」

喬小扇被他說得臉色微紅，咳了一聲。「不是，我想說，若是真有那奇觀，我倒也想看看。」

「喔？」段衍之饒有趣味地看著她，下一瞬臉色驟變，因為喬小扇突然一把拽著他到了窗邊，然後推窗，提著輕功帶著他上了屋頂。

不過是瞬間的動作，段衍之對她大感敬佩，不過喬小扇轉頭看向他時，只看到一張嚇白了的臉。

「相公不用緊張，慢慢坐下來就好了。」喬小扇扶著他坐穩，因為怕他害怕，一隻手還始終攬在他背後。

段衍之心中竊喜，面上卻越發慌張。「娘子，這麼高，若是摔下去……」邊說邊往她身邊湊。

喬小扇未覺異樣，抬手指了指天際。「高處觀星才別有一番滋味，我是不想相公錯過了這樣的機會，若是相公實在害怕，不如我們還是下去算了。」

「欸？不不，坐久了倒也習慣了。」段衍之訕笑著坐直了身子，卻還是緊緊地挨著喬小扇。

兩人在屋頂吹了好一會兒的冷風，喬小扇看了看天上明亮閃爍的星星，轉頭對段衍之道：

「相公是不是聽錯了？今晚恐怕沒有什麼天火流星吧？你看這滿天星斗。」

當然沒有什麼天火流星，段衍之無非是找個藉口好讓喬小扇不再尷尬而已，或者她乾脆善心大發地留下他共處一室更好，卻怎麼也沒想到她一聽到有流星就扯著自己上了屋頂。

這可真是人算不如天算啊！

段衍之搓了搓手，轉頭看向喬小扇。「許是我聽錯了吧？娘子若是等不及了，我們便下去吧。」

喬小扇心想，下去又要面對共處一室的尷尬，左思右想還是搖了搖頭。「人說冬夜觀星最好，看今晚的星辰，我們不妨多看一會兒好了，即使沒有什麼天火流星也無妨。」

段衍之無奈地嘆息。

娘子，妳到底是有多不想跟我共處一室啊？

已至深夜，天寒地凍。

喬小扇是習武之人，倒不覺得多冷，只是擔心段衍之受不了，便悄悄往他身邊挪了挪。

段衍之見縫插針，立即靠了過去，半點也不客氣，就差直接鑽她懷裡去了。

「相公似乎變了很多。」

喬小扇突來的一句話讓段衍之心中一驚，抬眼看向她，喬小扇正盯著天上的星辰，只留給他一個柔和的側臉剪影。

「娘子為何這麼說？」

「只是發現自從鴻公子出現之後，相公你就變了許多。」喬小扇偏臉盯著他，兩人近在咫尺，說話間呼出的霧氣在彼此眼前升騰。「相公似乎有很多心事，雖然表面看來與剛來喬家時並無多少差異，但也許連你自己也未察覺，你與過去相比，似乎懷揣了許多秘密。」

段衍之張了張嘴，忽而笑出聲來。「我還以為娘子從未注意過我，如此看來，娘子對我倒是很關注。」

喬小扇自然聽不出他話中的弦外之音，還以為他是轉移話題，頓了頓才又接著道：「我今日這麼說並不是想要探聽些什麼，畢竟誰都有秘密，有些秘密會成為力量，有些卻只是負擔，若是相公心中的秘密已成負擔，何苦背負？」

段衍之心頭微震。「娘子的話總是發人深省，只是既然不想探聽秘密，又何必說出這些話來？」

「算是臨別贈言吧。」喬小扇轉頭對他苦笑了一下。「相公，我早已說過，你我身分天差地別，今晚我還叫你一聲相公，到了京城侯府，我只能喚你一聲世子。侯府那樣的地方，是絕對不會接納我這樣的媳婦兒的。」她抬手朝天際遙遙一指。「你看那些星辰，燦爛奪目，不過是瞬間繁華而已，待到破曉，一切都將消弭，便如同你在天水鎮的日子。」

「娘子妳……」段衍之驚訝地看著她，半晌才斂去臉上的情緒。「妳到底是在擔心什麼？」

喬小扇一愣，只因段衍之的語氣實在太過深沈，完全不似平日的他。

「娘子，我問妳，妳到底只是因為妳我身分差異而準備離去，還是根本就沒有打算與我在一起？」他原本不該在這個時候問這些話，此時卻不得不說出口來，因為他清楚喬小扇若是想走，誰也留不住她，除非有留住她的理由。

「相公這話是什麼意思？」喬小扇的眼神微微閃爍，別過臉去。「你貴為世子，本該鮮車怒馬，在京城榮華一生，天水鎮那段日子只會讓你顏面盡失，不如忘卻，了斷此緣。」她站起身來，舉目遠眺，衣袂隨風揚起，像是會隨時乘風而去一般。

段衍之靜默良久，隨她起身，苦笑道：「娘子說得容易，有些人和事，一旦化入心扉，怎能輕言忘卻？」

喬小扇身子一僵，卻始終沒有回過臉來看他。「世子何必如此？世間美人如花，他日終有佳人在側，世子切莫將一時閒情誤以為是真心。」

她回身走近，伸手搭在段衍之腰際。「我帶你下去吧。」

誰知剛要提息運功，手卻被段衍之一把扣住。她一愣，仰頭看向他，只對上他的雙眸，燦若星子。

「娘子怎知我不是真心？」

段衍之的聲音低沈，一字一句，彷彿根本不是響在喬小扇耳際，而是從遙遠的天邊，跨越萬千星河而來，如同佛家點化世人，彷彿已經去除她所有的醜惡和苦難。

「我會護送你安全回到侯府的。」她喉頭滾動，半晌才吐出一句話來，被段衍之抓住的手腕好似置於沸水之中，滾燙灼熱。

「然後呢？」段衍之嘴角微揚，卻用了些力氣將她扯近了些。

「然後？」喬小扇收回視線，別過臉。「送君千里，終有一別。」

「我覺得然後娘子該跟我回去拜見祖父和母親，這樣才算是盡了為人妻子的責任。」

「可是……」

「娘子是忘了喬家祖訓了嗎？」段衍之眨了眨眼。「聽二妹說過，岳父大人以前一直說一人做事一人當，既然娘子強嫁了我，怎可現在反悔？」

喬小扇目瞪口呆，半晌也說不出句話來，最後只好無奈地點了一下頭。「好吧，我去見老侯爺和夫人就是了。」

「是祖父和母親。」段衍之笑著糾正她。

喬小扇抬頭，又看見他的雙眸，燦爛得似乎將天邊的星辰也比了下去。

記憶中，她似乎見過這樣一雙眸子，可是她知道，那人不是他。

第二十三章

一行人因為騎馬而行，輕裝上路，半月便已到了京城地界。

巴烏見到那久違的城門時差點淚如泉湧，因為他終於告別了那吹冷風、摸黑趕路的日子了。

倒是段衍之和喬小扇兩人都面色沈凝，一個是想到即將要見到太子而心中不快，另一個則是因為快要到侯府而心緒複雜。

時值晌午，日頭溫暖，從西城門入城，沿大街朝北直行，一路繁華景象撲面而來。道旁滿是店鋪酒肆，街上人頭攢動，叫賣的吆喝聲混著孩童嬉鬧的歡笑聲，不時地傳入耳中。

這邊高麗的雜耍藝人在高臺上的表演惹來陣陣喝彩，另一邊西域的烤肉香氣四處瀰漫。

喬小扇看著這番情景，心中微微感慨。她以為自己經歷了兩年前那件事之後，再也不會來到這裡了，卻不曾想今時今日會以這樣的方式出現在此處。

段衍之時不時地看她兩眼，見她神情平和，心中稍安。此時已經到了京城，前有太子，後有家人，還有喬小扇以前不太愉悅的回憶，怎麼看來這裡都是個是非之地，他會時刻關注喬小扇的情緒也在情理之中。

往前行了一陣，人群漸漸稀少，段衍之率先打馬右轉，拐入一條道路，這下幾乎再也沒有行人了。喬小扇跟著他走上這條路，便明白這已經是達官貴人們的官邸聚集之處，想必不久就要到侯府了。

果然，很快地眼前便出現了一座府邸，朱門大戶，門禁森嚴。

門口守著的護院一見到段衍之的身影，趕緊開門進去報信了，竟激動得都沒有向段衍之行禮。

段衍之知道自己母親的脾氣，就算通報了也不會有人來迎接，乾脆下馬帶著喬小扇直接進門。

定安侯府外表看來難以親近，進去之後卻別有一番古樸典雅的風致。一路往裡，可見院內遍植花草，即使冬日，仍可見綠意盎然，有些名貴的花木喬小扇根本連見都沒見過，心中也是暗暗稱嘆。

已經有小廝過來牽了他們的馬去後院，段衍之看了看喬小扇，笑道：「娘子可不要緊張，我這就帶妳去見祖父和母親。」

喬小扇點了點頭，垂著眼抬手理了理領口，眼神卻有些閃爍。畢竟是第一次見人家家人，她怎麼可能一點都不慌張？

沿著進門的道路直走到了盡頭便是大廳，一個丫鬟踏著碎步小跑著出來，在段衍之面前恭謹地行禮。「恭迎世子回府，老侯爺與夫人此時正在前廳相候。」

段衍之「嗯」了一聲，看了一眼喬小扇，微微一笑，率先朝前走去。

喬小扇跟著他的步子一腳踏入前廳，立即察覺到氣氛不對。

抬眼一掃，正中首位上坐著個年過六旬的老者，穿著一身藍底印紋華服，慈眉善目，髮鬚微白，正靜靜地端詳著她。

下方左側坐著一個中年女子，身著暗紅綢裙，目不斜視地在飲茶，相貌秀美得很，一眼便可看出與段衍之有些相似，定是段衍之的母親無疑。

段衍之稍微頓了頓，伸手牽過喬小扇，領她上前拜倒。「雲雨拜見祖父，拜見母親。」

喬小扇跟著他拜倒卻不知道該不該自稱媳婦，一時間便沒有作聲。

巴烏也跟著兩人行了禮，見堂上的兩人沒有叫人起身的打算，心中著實有些不安。

過了好一會兒，老侯爺總算發了話。「起來吧。」

段衍之領著喬小扇起身，眼神卻掃向了自己的母親，後者仍舊在慢條斯理的飲茶，好像根本不在乎自己的兒子已經回家了一樣，不過這態度更讓段衍之忐忑。

他倒是不擔心他的祖父，祖父對他一向嬌慣，膝下只有這一個孫子，翻了天也不會把他怎麼樣。只有這個母親，完全不是把他當親兒子對待的，嚴格得很，所以他現在最擔心的便是她的態度。

「雲雨，這便是你在外娶的媳婦兒？」老侯爺眯了眯眼，慢悠悠地開了口，眼神犀利地掃向喬小扇，似乎在比較她到底比自己的外孫女好在什麼地方。

「回稟祖父，這便是孫兒的娘子喬小扇。」段衍之恭恭敬敬地回稟完，朝喬小扇擠了擠眼，示意她行禮。

喬小扇猶豫了一瞬，朝老侯爺福了一福。「孫媳喬小扇見過侯爺。」

畢竟是第一次行女子的禮節，喬小扇的動作很不到位，加之聲音清冷，老侯爺聽了有些不舒服，不過轉頭一看段衍之看著自己的哀怨眼神又心軟了，只好擺了擺手，叫喬小扇免禮。

「啪」的一聲輕響，段夫人總算放下了手中的杯子，抬眼朝喬小扇看來。

段衍之不自覺地往喬小扇身前擋了擋，朝她訕訕的一笑。「母親沒有話要與孩兒說嗎？」

段夫人冷冷地掃了他一眼。「我沒話要與你說，倒是有話要與你媳婦兒說，你讓開。」

段衍之尚未有所動作，喬小扇已經從他背後站出，走近幾步朝她福了福。「母親有何教誨，兒媳洗耳恭聽。」

段夫人上上下下看了她一遍，神情嚴肅認真，細緻得像是在鑑定一件物事是珍寶還是廢物。

這氣氛實在沈凝，連老侯爺也不禁面露緊張，朝段衍之擠眉弄眼，大意為：這下你要完蛋了！

段衍之何嘗不知，心中早已略感不妙，轉頭一看，巴烏跟他一樣緊張得很，估計是怕追究起來會給他安個保護不周之類的罪名。

段夫人抬手遣退了站在廳中的侍婢們，在周圍人緊張的氣氛中淡淡地開了口。「喬姑娘年方幾何？家中父母是否俱在？」

喬小扇聽出她喚自己喬姑娘，心中已經明白了幾分她的意思，不過仍舊是一副垂眉順目的模樣，平靜無比地回道：「民女與世子同齡，家中父母俱已仙逝，只有我以及兩個妹妹。」

段夫人神情無波地點了點頭。「那妳是如何與雲雨結識的？」

喬小扇朝她拜了拜。「此事是民女之錯，是民女強搶了世子回去，之後成親也是民女強嫁了他。」

此話一出，四下皆驚，連段夫人也詫異地朝她看了過來。

段衍之在一邊哀痛地閉了閉眼。這下全毀了，真的是要完蛋了！

「為何要說出來？」過了一會兒，段夫人回過神來，對喬小扇道：「只要是女子，應該不會認為這是件光彩的事情，看喬姑娘恭謹知禮，似乎不像那等不知羞恥之人。」

「民女說出來只因為知道瞞不住。」喬小扇看了她一眼。「夫人問我這些，想必一早就知道答案了，又何須我隱瞞？」

段夫人讚賞地看著她，點了點頭。「不錯，還算有些見識。那妳現在說了，就不怕我對妳怎麼樣嗎？」

「一人做事一人當，既然做了，自然不怕負責。民女知道夫人愛子心切，是民女犯下大錯，只求不要連累兩個妹妹，所有懲處都由民女一力承當。」喬小扇掀了衣襬，跪倒在地，臉色仍舊平靜如常。

段衍之連忙上前跪倒在他母親面前。「這一切都是孩兒心甘情願的，母親不要錯怪了好人。」

段夫人倒是難得見自己的兒子這麼急切，轉頭看了一眼上方坐著的老侯爺，見他似有些不忍，便對段衍之無奈地搖了一下頭。「也不知道你是走了什麼運，能遇上這樣的女子。」她看了看身前端端正正跪著的喬小扇，笑了一下，這個女子還真有些自己年輕時候的氣勢，頗對她的脾氣，比她兒子強多了。

段夫人起身看向老侯爺，福了福身道：「反正我原先就不喜歡與妹妹家的那門聯姻，這個喬小扇倒是看著不錯，若是公爹讓我作主，那我便允了他們的婚事，秦家那邊，我去說就是了。」

喬小扇渾身一僵，似不敢置信，驚詫地抬頭看向段夫人，實在不知道事情為何會轉變得這麼快？

她身邊的段衍之也十分驚訝，但隨之又大大地鬆了口氣，臉上也露出了笑意。

老侯爺聽了段夫人的話，皺著眉糾結了半晌，剛要抬眼說話，又對上段衍之那哀怨的眼神，只好無力地點頭同意。「那就交給妳吧，我可不想管了。」

段夫人又朝他行了一禮後，轉頭對喬小扇道：「起身吧，別跪著了，待會兒隨我去見見家中管事的人。既然做了侯府的媳婦兒，就要有世子夫人的樣子。」

「我……」喬小扇仍舊有些回不過神來，為什麼她說了那樣的話，反而還讓段夫人這般賞識？

正遲疑著，有人高聲笑著走進門來。「我看其他的事情還是先放一放吧，喬姑娘暫時可能不能待在侯府了。」

喬小扇轉頭看去，原來是鴻公子，仍舊是一襲白衣，眉目俊朗，正滿眼笑意地看著她。

老侯爺一見到他，立即從座位上起身，走到他身邊拜倒。「老臣參見太子殿下。」

段夫人和段衍之等人也都拜倒在地，只有喬小扇一下子愣在當場。

太子？

「喬姑娘怎麼了？是太驚訝了？」太子笑咪咪地叫大家起身，眼睛卻一直盯著喬小扇，完全無視一邊段衍之投來的不滿目光。

「沒什麼。」喬小扇壓下心中的震驚，搖頭道：「我以為鴻公子有別的身分，卻沒想到你竟是太子。」

「喔？本宮在妳眼中該是什麼身分？」

喬小扇抿了抿唇。「不重要了。」

太子微微一愣，剛想繼續追問，就見段衍之走上前來。
「太子因何駕臨侯府？」
「喔……」太子微微一笑。「我是來請喬姑娘進宮去的。」

第二十四章

老侯爺和段夫人沒想到太子會突然說出這樣的話來，一時間都有些莫名其妙。

他們倒是知道段衍之這次出去是為了替太子辦事，但是具體細節並不知曉。現在看喬小扇一回來便引來了太子，莫非此事與喬小扇有關？

老侯爺也是個精明人物，更何況段衍之已經在旁邊朝他使了半天眼色了，他怎麼著也該有所表示。

於是他老人家咳了一聲，壯了些氣勢，開口道：「太子為何有此一說？今日新媳婦剛進門，怎麼著也不能就這麼進宮啊！」

段夫人在一邊接話道：「的確，太子為何要小扇進宮？難不成待在侯府有何不妥嗎？」

太子對段夫人的話不置可否的一笑，暗暗佩服她看問題的精準。

其實他原先是打算在半道便將喬小扇帶入宮中，怎料段衍之先前動作挺慢，這會兒動作卻快得很，他的人才得到消息說他們已經進了城，待他趕到之時他們卻已經回到了侯府。

現在要帶走喬小扇，便必須要對侯府有個交代。

「其實並非是本宮有這個想法，而是太后她老人家知曉了雲雨在外成親之事，想要見見喬姑娘，所以命本宮來接她進宮，以等同命婦身分入宮覲見。」

好在他來之前已經做了準備，否則也不可能直接說要帶喬小扇進宮去。

太子這麼一說，老侯爺和段夫人便無話可說了，這麼一來顯然是莫大的榮寵，若是不去才是不該。

段衍之看了一眼太子，語帶深意地道：「原來太后她老人家如此關心雲雨，實在叫雲雨受寵若驚。」

「太后自然關心你，前些日子還問起了你與秦小姐的親事，如今得知你已成親，便好奇地想要見見新娘子罷了。」太子自然聽出了段衍之語氣中的不悅，但他們關係密切，說話一直沒有顧忌，因此他倒也不介意，反而似調侃般道：「怎麼，你家娘子在太后身邊，你還不放心嗎？」

段衍之也不好把話說得太過，轉頭看了一眼喬小扇，朝她微微點頭，示意她自己拿主意。

喬小扇垂頭思索了一陣後，抬眼看了看太子。「既然如此，那民女便隨太子進宮吧。」

雖然不明白太子叫她進宮的涵義，但是她已有愧侯府在先，剛到侯府怎麼也不能再給他們惹來麻煩。

更何況，她對太子本就有意探尋，便應承了下來。

太子笑著點了點頭。「喬姑娘既然答應了，那我們便即刻起程吧。再過不久太后便過了午休了，正好可以與妳見面。」

段夫人驚訝地道：「現在就走？他們剛回來，連口茶水都還沒喝呢！」

太子朝她歉疚的一笑。「夫人說的是，只是太后有命，本宮也莫能奈何啊！」

有太后的命令壓陣，段夫人自然無話可說了。

「喬姑娘，請吧。」太子側身，對喬小扇抬手做了個請的手勢。

「恕雲雨冒昧，太子您的稱呼可不妥。」段衍之勾著嘴角笑了笑。「小扇已與我成親，便是有夫之婦，怎可仍叫姑娘呢？太子若是不嫌雲雨高攀，便稱她一聲弟妹好了。」

太子微微一愣，面露尷尬。「說的是，是本宮失言了，當叫弟妹。」

喬小扇聽了兩人的話，只是看了一眼段衍之，什麼表情也沒有。

她走到太子身邊，面朝段夫人和老侯爺行了一禮。「剛入府便要離開，不能盡孝身前，實在有愧，萬望祖父、母親見諒。」

老侯爺收到段衍之眼神的暗示，又開始發揮他與孫子間的默契，撫著鬍鬚慢悠悠地道：「孫媳婦兒不必心中有愧，早日回來便是了。妳只需記住，在宮中多加注意，妳可是侯府的人，一言一行都要謹慎。」

喬小扇趕緊應下，又朝他拜了拜，這才起身隨太子出門而去。

段衍之一直送到大門口，見喬小扇上了馬車才返回。

老侯爺興沖沖地迎上前來。「怎麼樣？乖孫子，我今天說的可有錯？」

「沒錯沒錯，你我祖孫仍舊心有靈犀一點通，可喜可賀。」段衍之敷衍地回答完後，無精打采地往前廳走。

身後的老侯爺見狀，微微嘆氣。他可憐的孫子，好像還挺喜歡那個搶他的媳婦兒啊！這是怎麼搞的？他段家還沒出過這樣的男人呢！

於是，老侯爺也無精打采了。

段衍之走到前廳門口，看到巴烏，心中忽然一動，招呼他上前，在他耳邊低語了一陣，囑咐他悄悄跟去看看太子是不是真的帶喬小扇入宮。

巴烏應下，臨走時看他的眼神萬分同情，如同是看著一個被搶走了老婆的男人，弄得段衍之心頭一陣憋悶。

剛走入前廳，段夫人抬手一攔，對他冷哼了一聲。「到底怎麼回事？」

段衍之為難地看著她。「母親莫怪，孩兒答應了太子絕對不能說。」

「誰問你那個？我問的是喬小扇！」段夫人對他怒目而視。「怎麼回事？就這麼被太子弄進宮去了？你也太給我們段家丟人了！」

老侯爺原想上前幫襯孫子兩句，但一想到事實如此，終究只是乾咳了一聲，怏怏地走開了。

「母親，事情不是您想的那樣，進宮也是為小扇好。」段衍之此時也只能這麼說了。

「哼，你是真傻還是假傻？太子看喬小扇那眼神都不對！皇室別的不多，多情種最多，你最好小心些，別到時候被自己的好兄弟撬了牆角都不知道怎麼回事兒！」

段夫人說話一向心直口快，段衍之已經習慣。好在這時沒有下人在，倒不怕被傳出去，但是偏偏這話說得那麼一針見血，便叫他難受了。

他也不想多言，敷衍了母親幾句便回房去了。此時應該要好好計劃一下怎麼樣讓喬小扇早日回到侯府。

段衍之在自己房中一直待到晚上點燈時分，巴烏才返回。他早已等不及，一見巴烏出現便迎了上去。「如何？」

「並無異樣，少夫人的確是跟著太子進了宮。」

段衍之皺了皺眉。「那你因何逗留到現在？」

「喔，趕了那麼久的路，回來一口水都沒喝就出門了，總要找個地方填飽肚子再說……」

段衍之冷冷地盯著他。「所以你是吃飯去了？」

「呃……」巴烏乾笑著點了點頭，卻又立即嚴肅地道：「但是多虧了我這一番逗留，後來居然看到太子又與少夫人沿原路返回了。」

段衍之一臉莫名其妙。「返回哪兒？」

「我跟著去瞧了瞧，似乎是前將軍府。荒無人煙的，不知道為什麼要去那裡。」

有關喬小扇可能與將軍府有關的身世，巴烏並不知道，他會奇怪也正常。

段衍之聞言，心中暗暗思索了一番，暗叫不好。若是太子此時有意將喬小扇的身分揭露，那豈不是要將他去天水鎮的目的也一併揭發？這件事他是打算等一切查明之後自己跟她說清楚的，若是假他人之口，便容易生出嫌隙來。

段衍之又想了一陣後，走到房間內室換了一身黑色衣裳就要出門。

「公子這是要去哪兒？」巴烏對他的舉動很奇怪。

「我去看看，你不要告訴府內的人我出去了。」段衍之匆匆地吩咐完後，腳步急切地出門而去。

前將軍府在京城西北方，他以前倒是途經過那裡一、兩次，早已破敗不堪，小的時候甚至被嚇唬說裡面有鬼怪出沒，卻沒想到真正去那裡是在這樣的情形之下。

因心中焦急，他一出侯府大門便隱身暗處，提起輕功朝西北方掠去，身形快如疾風。

到了將軍府，段衍之剛在院牆側站定身子，便聽到大門口有人在竊竊私語——

「真是古怪，聽聞這女子是段小侯爺的夫人，怎麼突然要來這個鳥不下蛋的地方？」

「可不是，還一定要自己進去，連太子殿下都被趕走了，真是厲害。」

「噓，你小聲點兒，被太子殿下聽到咱們就完蛋了。」

「喔喔，說的是。哎呀，天兒太冷了，真是要命，這位夫人到底要什麼時候才能出來啊……」

「就是說啊……」

段衍之藉著月光看出那是兩個御林軍，正守在門邊，邊哆嗦邊搓手。聽這兩人的談話，喬小扇是自己要來這裡的？這倒是讓他沒有想到，果然她知道的事情很多，也許也是因為這點，太子才答應讓她來這裡的吧。

不遠處的路口停著一輛馬車，周圍圍著一圈御林軍，太子可能就在車中。

段衍之這一停頓間，馬車後方突然傳來一陣噠噠的馬蹄聲，有人騎馬到了車邊，對著車簾拱手道——

「敢問太子可在車內？屬下奉首輔大人之命前來通稟，首輔大人有要事相商，請太子過府一敘。」

「不愧是首輔大人，連本宮在哪兒都知道。」太子的聲音從車內傳出，聽不出喜怒。

騎在馬上的人一時無話可接，尷尬地停在當場。

過了一會兒，太子掀開車簾對一邊的御林軍吩咐了幾句，抬眼看了看將軍府的大門後，放下車簾說了句——

「那就去會會首輔大人吧。」

沒想到胡寬這個時候會請太子前去，實在再好不過！段衍之不再遲疑，提起輕功，悄無聲息地越過牆頭，進了將軍府的院內。

第二十五章

觸腳的是柔軟的雜草，月光傾瀉，眼前一片荒蕪景象。

段衍之悄無聲息地在院內穿梭，眼神四下搜索著喬小扇的身影，直到掃到一口大樹下的枯井才停下了步子。

喬小扇站在那裡，如同一尊雕塑，背對著他，看不出什麼神情，只是背影給人感覺無比孤獨悲涼。

段衍之屏息凝神，站在原地不敢有所動作，靜靜地看著她的動靜。

過了一會兒，喬小扇突然一掀衣襬跪倒在地，朝枯井磕起頭來，一連磕了好幾個，額頭抵在地上都發出陣陣輕響。

段衍之心中一震，頓覺其身分已經大白，覺得欣慰之際又有些傷感。這樣悲慘的身世，換作他一個男子可能也無法承受，喬小扇卻一個人默默撐到了現在。

他正沈浸在這情緒裡，喬小扇突然轉頭看向他的方向，冷聲喝道：「誰在那裡?!」

段衍之一驚，心中無奈，隔得還是近了些，終究還是被發現了。

「娘子，是我。」他一邊踏著月光走出，一邊思索著要怎麼解釋自己出現在這裡。

「相公？」喬小扇驚訝地看著他。「你怎麼會在這裡？」

「喔……早些時候我叫巴烏出門辦事，他回去後告訴我說妳與太子一起返回了，我原先還以為妳是要回侯府，便來接妳，之後便一直跟著你們到了此處。太子已經離去，我來看看妳有沒有事。」

段衍之實在佩服自己，只要不與太子對質，這謊話圓得也算天衣無縫了。

「原來如此。」段衍之是世子，喬小扇自然相信他能順利進入這裡而不是靠翻牆進來的。

「娘子剛才在對何人磕頭？」段衍之走近兩步，試探著問她。

喬小扇轉頭看向枯井，半晌才道：「有愧之人。」

果然！

段衍之現在已經可以完全認定她就是將軍府遺孤了。

人說子欲養而親不待，滿門盡滅，只有她一人盡孝無門，自然會覺得對親人有愧。

「娘子不必難過，人死不能復生，只是娘子為何要盯著這口枯井？」

「相公當知道當初將軍府的慘案，將軍府滿門盡滅，許多屍骨都被拋在這口枯井之中。」

喬小扇轉頭看著他，神情平淡，說出的話卻讓段衍之心頭一緊。

當初的慘狀他無從得見，但是此時聽了喬小扇這麼平靜的敘述卻讓人感覺滿心淒涼。

他走到她跟前，伸手牽住她的手，語聲柔和。「娘子到底知道多少事情？」

喬小扇的手冰涼一片，原先還想掙開段衍之的手，但被他包在掌心裡感覺實在溫暖，她輕輕動了動手，終究還是放棄了掙脫。

「相公如此問我，又是知道了多少？」

「也許我是知道的最少的那個。」段衍之苦笑了一下。「既然到了這步，我也不想再瞞妳。當初我去天水鎮原先便是要去查妳的，只是沒想到會陰差陽錯的被搶去了妳家中，還那麼巧的與妳拜了堂。」

喬小扇怔怔地看了他一瞬，嘆了口氣。「難怪……」她早就懷疑段衍之執意留下是有目的，但卻從未想過這目的便是她。

「娘子可怪我？」段衍之自問一向處事冷靜，問這句話時卻有些惴惴不安。

喬小扇抬眼看了看他，輕輕搖了搖頭。「其實太子已經告訴了我有關胡寬和將軍府慘案的聯繫，我心中也大概猜到了些。相公不必覺得愧疚，你在其位便要謀其政，這本無可厚非。」她從段衍之手中抽出了手，對他淡淡一笑。「你肯對我直言相告，解了我心中疑惑，我倒還要感激你。」

段衍之愣住，完全沒想到她的態度會是這樣。不生氣難道是不在乎？這樣的態度反而讓他心中更加不安。

「太子之所以要調查我與胡寬之間的恩怨，是要將我扯入什麼朝堂之爭嗎？」喬小扇走開兩步，側過身子對著他。「我心中所願無非是平淡如水的生活，並不想與權勢爭鬥扯上什麼關聯，可惜到了這步，已經身不由己。」

段衍之聽著她無奈的語氣，心中大為內疚。「此事皆是由我引起，若是我不去天水鎮，胡寬也不會得知妳的下落，金刀客不會尋去那裡，太子更不會前去，妳就不會前來京城……」

「可是那樣你就還是你，我也還是我，你我也不會像此時這樣站著說話，不是嗎？」喬小扇看向他，神色平和。「你不必自責，此事與你無關，太子若是鐵了心要找我，即使沒有你，還有第二個段衍之。至於你被強搶回去的事情，想必是天意吧。」她微微笑著搖了搖頭。

段衍之嘆了口氣。「既然如此，妳還要留在宮中嗎？」

「那是自然，我已見過太后，她命我留在她身邊伺候，我怎敢隨意離開？」喬小扇舉步朝院門方向走去，邊走邊道：「何況宮中也是最安全的地方，不是嗎？」

段衍之跟在她身後，默默地點了點頭。「的確如此，否則我今日當場便會將妳留下來。」

喬小扇腳步微微一頓，沒有答話，繼續朝前走去。一直快要走到門口，她突然停下了腳步，轉頭看向段衍之。「對了，相公，我有個問題要問你。」

「嗯？什麼問題？」

喬小扇看了一眼院門，走近他，壓低聲音道：「你與太子親近，可知他與江湖勢力有何關聯？」

「什麼？」段衍之驚訝地看著她。「妳怎會有這個想法？太子深居宮中，怎會與江湖勢力有關聯？」

喬小扇聽了這話，皺起眉頭，別過臉喃喃自語。「說的也是，難道是我認錯了？」

「娘子到底想知道什麼？」段衍之知道喬小扇會突然提起這個絕非隨口一說，肯定有什麼事情，便忍不住追問：「既然妳我已經開誠佈公，娘子不妨告訴我妳想知道的事情好了。」

喬小扇沈吟著道：「此事並非與胡寬有關，只是我的一件私事，相公不必掛懷。」

「既然已經牽扯到了太子，我怎能不掛懷？何況妳是我娘子。」段衍之對她將彼此之間的界限劃分得如此清楚有些不舒坦。「娘子想知道什麼儘管問好了，我若知道，定不會隱瞞。」

喬小扇似十分猶豫，好半天才點了點頭。「相公可知……太子與江湖上的青雲派有何關係？」

「青雲派？」段衍之愕然，眼神瞬間幽深起來。「娘子怎麼會提到這個門派？」

「我以為太子與青雲派有關聯，所以之前一直懷疑他的身分，卻沒想到他竟是太子，所以才有這一問。」

段衍之更加奇怪了。「娘子為何如此關心太子是否跟青雲派有關？」

喬小扇抿了抿唇，終究還是搖了搖頭。「算了，也許是我多心了。如你所說，太子深居宮中，怎樣也不可能與江湖扯上關係的。」

段衍之一臉複雜地站在原地，見她要走，不自覺地上前一步拉住了她，等喬小扇轉頭看著他的時候又不知道該說什麼，只是手仍攥著她的衣袖，沒有半點放鬆。

「娘子……多保重。」憋了半天也就逼出了這句話而已，段衍之不免大感挫敗。他自詡還算冷靜，對著喬小扇這種更冷靜的人卻是顯得衝動了。

喬小扇看了他一會兒，神情有些落寞地垂了眼。「相公，我何德何能得你如此相待？你這樣……只會讓我內疚而已。」

「為何內疚？」

喬小扇抬眼快速地看了他一眼，搖了搖頭。「沒什麼，我該走了。」

她掙開了段衍之的手，轉身朝外走去，到了門邊，剛要抬手開門，又頓了頓，頭也不回地道：「相公，我自問看人精準，但從未看透過你，可即使如此，我也知道在天水鎮的段衍之並非真正的段衍之，那個在摺扇上畫出豪邁山水的段衍之才是真正的你。如今已經到了京城，相公也該卸下偽裝，好好做回原來的自己了。」

段衍之怔住，一時間根本不知道該說些什麼。

喬小扇已經打開門走了出去，門外傳來守著的兩個御林軍的吁氣聲。

馬車轆轆遠去，段衍之獨自站在院內，許久才回過神來，忍不住垂頭苦笑。

人之所以偽裝無非有兩種，一種是隱藏，一種是誇大。

他從小便知道定安侯這個爵位所處的尷尬位置，鋒芒畢露只會引起帝王猜疑或是同僚嫉恨，最後的下場絕對不會好，便如同當初輝煌得不可一世的將軍府一般，樹大招風，終難長久。

他選擇收斂，選擇以弱示人，選擇讓所有人都知道定安侯府有個弱不禁風的世子，一直以來還要靠祖父的庇護和母親的嚴加管教過日子，以便昭告天下——定安侯府實在沒有什麼威脅性可言。

這麼多年除了心腹之人和血肉至親，在外人面前沒有一點破綻，而剛才喬小扇卻輕輕鬆鬆用兩句話便拆穿了他。

可惜，喬小扇不知道他已經偽裝至深，到了京城，他反而更加不能真正的做回自己。

更甚至，他自己也不知道自己真正的模樣是什麼了。

段衍之走出門外，望著空無一人的路口，嘴角帶笑，輕聲呢喃。「既然如此，更加不能放走了妳。」

強嫁了他要負責，拆穿了他當然也要負責。

第二十六章

喬小扇這一走就是大半月，這期間發生了一些不大不小的事情，譬如段夫人去了自己不太喜歡的小姑家推掉了段衍之與秦夢寒的婚事。

過程自然是雞飛狗跳十分之不愉快，段衍之的姑母更親自登門問老侯爺討說法，好在他老人家懂得關鍵時刻發揮與段衍之的默契，祖孫兩人十分歡騰的出門喝茶聽戲去了，避免了與之碰面的尷尬。

段夫人以一己之力當萬夫之勇，力挫秦家群雄，先是對小姑洋洋灑灑地說了當初的訂親無非是她與自己已逝的相公之間的約定，她這個嫂子根本就不知道，當然也就作不得數；接著開始恭維秦夢寒乖巧可人、人見人愛、花見花開，方圓百里無人能及；最後拍板定案，說自己的兒子實在高攀不上，這門親事就此作罷，好走不送。

段衍之的姑母氣急攻心，差點沒厥過去，本來要揪出她口中的狐狸精喬小扇來討回點顏面，可居然聽說喬小扇已經被太后召去了宮中，於是她終於如願以償地厥過去了。

段夫人心情大好地命人送走了小姑子，自顧自的陶醉了一番自己剛才的風采，然後打發小廝去請老侯爺和段衍之回府。

誰知道請回來的只有老侯爺一人，原來段衍之已經於半道被首輔大人請去了。

說起來，定安侯段氏與首輔胡寬從未有過什麼直接聯繫，主要因為老侯爺無心權柄，每日朝政他只當去聽聽說書，很少參與議論，皇帝念他年事已高，還經常免了他上朝。這樣一來，自然也就不可能與首輔有什麼利益衝突。

段衍之被邀請時本也想拒絕，老侯爺也是這麼個意思，可是他想起喬小扇去將軍府那晚太子被他請去過，因此還是決定去探探究竟。

胡寬的府邸離皇城不遠，可見其所受的榮寵。段衍之由胡府的馬車接到胡府門口，剛下車就見到一身便裝的胡寬親自站在門邊相迎，心中微微詫異。

「世子今日肯光臨寒舍，實在讓老夫不勝榮光。」胡寬現年不過四十開外，若不是留著短鬚，憑他那保養極好的模樣，稱自己老夫實在有些不倫不類。

段衍之揚起笑容上前行禮。「是雲雨不勝榮光才是，得首輔大人親迎，實在受寵若驚。」

「哈哈，世子客氣了，請進吧。」胡寬側了側身子，將段衍之迎進了門。

在前廳落坐後，胡寬先是客氣地請段衍之品了會兒茶，接著才慢悠悠地導向主題。「聽聞世子前些日子剛回京城，還聽說世子您新娶了夫人，今日老夫便在此恭賀了。」

段衍之趕忙擺出一副受寵若驚的表情。「不愧是首輔大人，消息如此靈通，雲雨就此拜謝了。」

「呵呵，哪裡的話。世子帶了新夫人回府早已傳遍京城，誰人不知啊！」胡寬捋了捋鬍鬚，臉上笑容漸漸轉為憂慮。「只是……如今尊夫人身處深宮，終究有些不妥啊，這也是老夫今日請世子前來商量的原因。」

「喔？敢問首輔大人，有何不妥之處？」

「是這樣……」胡寬斟酌了一番方才接著道：「竊以為深宮重地，外婦久留終有不妥。加之如今東宮行止實為不當，老夫身為內閣首輔，已憂愁多日了。」

「首輔大人此言何意？」段衍之聽他提到太子，心中已經略微感到不妙。

胡寬看了看他的神色，察覺到他略微緊張，心中暗暗得意，面上卻嘆息道：「世子，恕老夫直言不諱，尊夫人似乎與太子走得太近了些，老夫這幾日常常見到太子請尊夫人去東宮，且逗留時間並不算短，太子也經常去太后宮中看望尊夫人……」他習慣性地摸著鬍鬚道：「老夫言盡於此，世子當明白老夫的苦心。世子還是將尊夫人接回府吧，免得太子惹人詬病。」

段衍之微微皺了一下眉，胡寬會這麼說，給他的第一感覺便是在挑撥離間，要用喬小扇來挑撥他與太子間的關係。第二則是覺得他想讓喬小扇早日出宮，好方便下手。

這些念頭在心中稍稍盤桓便被收起，段衍之起身朝胡寬行禮，臉色變得十分肅然。「多謝首輔大人提醒，雲雨一定早作定斷。」他拂袖離去，一副戴了綠帽子還無處發火的模樣。

出了胡府大門，胡寬送出來，讓家丁趕車送段衍之回去。

段衍之自然明白他的用意，上車之後忿忿地甩下門簾道：「去宮中！」眼角餘光一瞥，果然看到胡寬撚著鬍鬚微微一笑。

既然做了這麼多功夫，豈能讓首輔大人失望？段衍之自然要扮演一下懷疑妻子不忠的丈夫去查探實情，好讓這隻老狐狸認為自己的計策起了作用。

不過說實話，剛才聽到胡寬的話，段衍之心中的確是很不快。

他母親說得沒錯，皇家什麼不多，多情種最多。

太子一直深居宮中，乍一見到喬小扇這樣特立獨行的女子自然感到新奇，還真不敢保證不會動什麼歪念頭。

心中一旦有了這個想法，便一發不可收拾了。車行到宮門口，段衍之下車之際已經真有了動怒的跡象，弄得趕車的胡府家丁都縮了縮脖子，趕緊掉轉了車頭就往回趕。

段衍之因為與太子交好，身上一直都有權杖，出入宮中並不成問題。這半月來，他因為剛回府，雜事繁多，一直沒有時間進宮探望喬小扇，而且才時隔半月未見而已，要是那麼急匆匆地進宮探望，恐怕也會引起太子和太后的不滿。

今日拜胡寬所賜，他倒是有了個好理由。

沿著長長的走道一路暢通無阻地從外宮走到內宮門口，段衍之原先要直接往太后寢宮而去，想了想，卻還是決定先去東宮看看。

一路走來，遇到的宦官宮女越來越少，等他在東宮苑門外停下時，忽覺此地安靜得過分，不僅沒有一個宮人在，大門居然還是緊閉著的。

他左右看了看，見四下無人便不動聲響地挪著步子到了院牆邊，而後提息輕輕巧巧地躍到從院內延伸出來的一棵大樹上。

舉目一看，院中並沒有人，他正在奇怪，忽然聽到遠處傳來一陣說話聲。

聲音來自寢殿之後，段衍之悄然落地，朝聲音的來源尋去。他聽得很清楚，剛才的的確確是太子和喬小扇在說話，這個事實讓他心裡很不好受。

正殿之後是一座小園子，只因太子喜竹，這裡幾乎被種植成了一個竹園。他側身隱於正殿拐角處，與竹林隔了七、八丈的距離，眼中落入一片綠意之時，也看到了站在竹林邊的兩道身影。太子仍舊是一襲白衣，喬小扇卻變化巨大，著了精緻的宮裝，髮髻盤成了宮中女子流行的四品宮環髻，淡掃蛾眉，輕點朱唇，便是娉娉婷婷一佳人。

段衍之還是第一次見到這樣的喬小扇，心中除了驚訝之外更多的卻是驚豔，可是她這美好的姿態卻不是為他而妝點。

女為悅己者容，難不成她對太子……

段衍之心口一窒，眉頭瞬間緊皺。他自問對喬小扇已經將話挑明，難道她對自己竟然半點情意也無嗎？

那邊兩人正站在一起說著什麼，段衍之卻好半天才平復了情緒凝神去聽。幸好這次離得遠，不然氣息不穩，很快便會像上次那樣被喬小扇發現蹤跡了。

「殿下現在可以回答民女的問題了嗎？」

喬小扇的聲音不高，仍舊是那種平淡的調調，若不是段衍之耳力好，差點便要聽不清楚。

「這打扮十分適合喬姑娘，本宮還從未見過有哪個女子穿宮裝能穿出妳這樣的氣質，所謂出淤泥而不染，濯清蓮而不妖，說的便是妳這樣——」

喬小扇抬手打斷了太子的讚美。「殿下請言歸正傳吧。我已經不止一次地問這個問題了，殿下請給民女一個答案吧。」

太子輕輕轉動眼珠，似在思索，過了好一會兒才點了一下頭。「既然妳一直追問，那本宮便直言好了。本宮兩年前並未出過宮，也不曾與任何江湖門派有關聯。」

喬小扇頓時露出失望之色。「果然，我這些日子觀察下來，也覺得你與他不像。」

「他是誰？」太子走近一步，緊緊盯著她。「本宮早就想問了，妳一再追問，到底是把本宮當成何人了？」

喬小扇微微後退半步，與他拉開些距離。「太子既然已經直言相告並非是那人，我也沒必要再說下去了。」

「可是妳的心上人？」

太子的話讓躲在暗處的段衍之也驚了一下，喬小扇的心裡還裝著別人？他簡直忍不住要衝上去詢問她了！

究竟怎麼回事？他這個相公居然成了局外人，自己的娘子不是跟別人風花雪月，就是心裡揣著另一個人！

世上還有人比他悲慘嗎？

「殿下多心了，那人並非民女的心上人，而是民女的救命恩人。只因他當時一臉血污，民女並未窺見其真容，所以靠猜測推斷是殿下，現在既然殿下已經否認，那便是別人了。」喬小扇往外移了兩步，似乎想要離開了。

「救命恩人？」太子攔住了她。「妳不妨說出他的名姓，本宮或許可以幫妳找到他。」

「殿下的好意民女心領了，但是聽聞他一向神龍見首不見尾，要找到他著實不易。原先民女也不過只是抱著試試看的念頭，隨緣而已，能找到自然好，找不到也無妨。」喬小扇朝他福了福，轉身朝段衍之的方向走來。

段衍之正要轉身躲避，就聽太子又開了口，語氣似乎有些不甘。「喬姑娘是不相信本宮的能力嗎？妳只管說出來就是了。那人姓什名誰，妳只要說得出來，本宮便能幫妳尋到。」

喬小扇停下步子，無奈地嘆了口氣，轉身看向太子。「殿下的能力民女豈敢懷疑。」她猶豫了一會兒才接著道：「好吧，其實那人……是塞外青雲派的宗主，青雲公子。」

段衍之腦中「轟」的一聲，莫名其妙地看向喬小扇的身影。

聽她的語氣並不像說謊，可是……他什麼時候成了她的救命恩人了？他怎麼不知道？

第二十七章

喬小扇回到太后宮中時，太后正斜倚在軟榻上悠閒地飲茶，見到她一身宮裝還盤著華麗的四品宮環，頓時沒了好臉色。

「真是沒規矩！誰准許妳盤這髮髻的？妳這還沒有品階呢，就敢隨意這般打扮了？」

喬小扇聞言心中一緊。太后因為喜歡秦夢寒，一直對她沒有好臉色，沒想到現在又挑起了她的火氣。

她趕緊上前幾步，恭謹地拜倒。「太后恕罪，是太子殿下恩德，賞了民女這身裝扮，民女本無意冒犯。」

太后放了手中的茶盞，冷哼道：「還知道自稱民女就好。真不知道雲雨那孩子為何放著好好的秦家丫頭不要，要娶妳這樣不懂規矩的山野丫頭！」她招呼身邊的宮娥扶自己起身，朝跪在地上的喬小扇揮了下手。「好了，妳收拾一下，回去住些日子吧，雲雨剛才前來求了情。哀家也不是什麼心狠之人，若不是太子，哀家才不願留妳在這兒呢，去吧。」

喬小扇叩頭謝恩，起身朝外退去，心中卻微微詫異，怎麼也沒想到段衍之會突然來這裡求恩典。不過能回侯府對她來說也是件好事，宮中的生活實在不適合她，特別是太子近日來與她越發親近，讓她心中總覺得不舒服。

簡單地收拾了一下，喬小扇跟著一個小宦官朝宮外走去。

剛出宮門便看到夕陽之下馬車邊站著的那道人影，身形挺拔，悠閒淡然，看向她的眼神帶著溫暖的笑意。

喬小扇在這笑容裡怔了怔，這才想起已經有半月未曾見過他了。

「相公怎麼親自來了？」她迎上去問段衍之，聲音比以往要柔和許多。

「娘子今日回府，我當然要來迎接了。」他伸手接過她手中的包袱，扶她上車，神情一如既往的溫和。

馬車飛快地朝侯府駛去，喬小扇想起太子還不知道自己已經出宮，有些憂慮地問道：「相公，太子若是知道了我回府，會不會有什麼事？」

段衍之神色一僵，語氣有些落寞。「娘子如此在乎太子的心情嗎？」

「相公……」喬小扇看出了他的變化，微微一怔。「你怎麼了？」

段衍之斂去失落，對她微微一笑。「沒什麼，娘子這段日子在宮中過得可好？」

想起太后時不時的冷臉和太子莫名其妙的親近，喬小扇輕輕蹙了蹙眉，點了一下頭。「我一切都好，相公放心。」

段衍之怎麼可能忽略她神情間的異樣？但他以為喬小扇這情緒是因太子而起，心中不免有些難受。

兩人一時無言，靜靜地端坐在車中，四周靜謐，只聽見外面車轍轆轆滾過地面的聲音。

突然，聲音一頓，馬車驟然停下。

段衍之剛要發問，就聽車外的巴烏朗聲喝道——

「何人膽敢擋住定安侯府的馬車！」

喝聲落下，隨之響起的卻是刀劍碰撞的聲響！

喬小扇心中一動，趕忙擋在段衍之身前，正準備掀開車簾朝外看去，胳膊卻被段衍之拉住。

「娘子好好坐著，有巴烏在，不必擔心。」

喬小扇轉頭看到他沈著的神情，心中竟不自覺地安定了不少，慢慢退著坐回了原位。

「娘子曾說過，叫我做回真正的自己，我仔細想了想，在娘子面前，我似乎早就做回自己了。」

喬小扇對段衍之此時的表現甚為不解，在這外面刀劍齊鳴的時候，他卻在說著不相干的話。

段衍之卻好像根本沒有注意到外面越來越密集的刀劍聲，轉頭看了喬小扇一眼便閉上了眼睛。

喬小扇對他的舉止越發的摸不著頭緒，剛要詢問，耳邊突然傳來一陣細微的聲響。

她心中一緊，轉頭看去，車簾無風自動，一柄長劍自外破入，直指其眉心，隨之響起的是巴鳥的驚呼聲！

剛才她一分神，居然讓自己和段衍之落入了這樣的險境。

喬小扇第一反應便是往段衍之身邊斜側過去，既可以保他無恙，也可以讓自己在這避無可避的情況下免於傷到要害。

誰知，她才剛有所動作，身邊便咻地滑過一道疾風，那已近在咫尺的劍尖被兩根手指穩穩地夾住，紋絲不動。

喬小扇近乎呆滯地轉頭看向段衍之，他悠悠地睜開雙眼，像是從混沌初開的世界睜開第一眼一般，漆黑的眸中是喬小扇從未見過的神色，淡然、堅定、萬事在握。

段衍之右手兩指夾著劍尖，轉頭對喬小扇笑了一下。「娘子，如今我對妳隱瞞的也就只有我這一身武藝了。」

原來他剛才閉眼正是在探聽外面的氣息。

話音剛落，右手指端的劍尖鏗然斷裂，左袖抬起，暗器已經飛射而出，接著便順利聽到了一陣悶哼聲。

段衍之掀開車簾出去，外面夕陽已經隱落，天色昏暗。

此時已出皇城，未至侯府，正是尋常百姓難到之處。

往來巡邏士兵不斷，卻遇上了刺客，真是巧啊！

刺客大概共有十人，撇下現在已經被巴烏和段衍之除去的四、五人，還有幾人在圍攻巴烏。

段衍之躍下馬車，先是細細看了看刺客們的身手。不錯，的確是出自正規軍營的套路，這麼看來，是胡寬了。

幾個刺客看到段衍之現身都沒什麼舉動，顯然不想扯上他，這便更加堅定了段衍之的想法。既然這樣，也該讓胡寬知道些厲害。上次金刀客的口信莫不是沒帶到吧？

段衍之本想用暗器迅速地解決這些人，但是暗器容易留下活口，到時候反而會暴露了他的底細。

一思既定，他抬起腳尖從身邊刺客的死屍旁挑起斷劍落入手中，飛身至巴烏身邊迅速揮劍，最前面兩個刺客連人都沒看清就已經斃命。

巴烏被他的舉動弄得驚訝不已，一時怔住，人便被段衍之推了出去，而後只見他一人立於當中，身形快如閃電地在剩下的幾人身邊遊走，劍氣傾瀉，不過片刻，等他再次站定，站著的已經只有他一人。

「公子……」巴烏吶吶地開口喚他，不明白他為什麼突然動手。

段衍之扔了斷劍，轉身看向馬車。

喬小扇掀著車簾看著他，神情驚詫非常，連胸口都劇烈地起伏著，她還是第一次情緒有這麼大的波動。

段衍之一步步朝她走近，臉上恢復了之前的笑容。「娘子不必驚訝，若不是因為那人對妳用了狠招，我不會出手。」

「你……」喬小扇想要下車，卻因情緒激動一腳踏空，差點摔倒之際，段衍之已經移至跟前接住了她，一把將她抱了個滿懷，忍不住嗤嗤悶笑。

「娘子怎麼了？莫不是被我嚇著了？」

喬小扇忘了掙扎，任由他抱著，只是怔怔地看著他的眼睛。

是的，是他。

當初她還以為只是相像，現在才知道根本就是同一個人。

是他太擅長隱藏了，居然一點也沒有露出破綻。

兩人近在咫尺，鼻息可聞，段衍之忽而湊得更近，在她耳邊低語——

「娘子在看什麼？」

喬小扇一下子回過神來，發現自己被他緊緊攬著，頓時羞紅了臉，剛要後退，卻又被段衍之的手牢牢地禁錮著後腰，半點動彈不得。

「公子！」

巴烏突然叫了他一聲，段衍之沒好氣地鬆了手，轉頭看向他。「怎麼了？」

巴烏還沒答話，一道聲音便打斷了他。

「這裡怎麼了？」

段衍之轉頭看到來人，原先鬆開的手又擱到了喬小扇的腰上。「太子怎麼會來？」

太子帶著十幾個親信騎馬而來，看到眼前血腥的場景，臉色有些發白。「本宮聽聞喬……弟妹已經出宮，特地出來看看，沒想到卻見到這景象，看來你們是遇上刺客了。」

段衍之心中暗叫不好，這樣一來，怕是太子又有理由將喬小扇帶回宮去了。他收緊了手臂，將喬小扇又往自己身邊拉了拉。

果然，太子見到他的動作，眼神微微一閃便開口道：「看來出宮實在危險，依本宮之見，還是將弟妹留在宮中比較好。」

喬小扇轉頭看了看段衍之，神情猶豫，似有話說，可是想起太子在場，終究還是沒有開口。

「相公，太子有命，我還是跟他回宮去吧。」她輕輕嘆了口氣，退出了段衍之的懷抱。

段衍之很想留下她，可是事實證明宮外的確危險重重，他也沒有辦法。他心中甚至有一瞬想要曝露自己會武的事實，好證明自己有能力護其周全。

太子已經叫人上前處理此處的刺客屍首，還不忘出言讚揚幾句巴烏的勇猛。

巴烏訕笑著謝了恩，慢慢挪到了段衍之身邊，段衍之卻還在為喬小扇即將離去的事情糾結著。

「公子，你看這個。」巴烏悄悄將一小塊東西塞在段衍之手中。

觸手的滑膩讓段衍之微微一愣，托到眼前一看，趕緊將手包攏，看了看太子，見他並未注意到自己這裡才低聲問他。「你在哪兒發現這個的？」

「在那個領頭的刺客身上。」巴烏見他輕聲細語，自己也跟著壓低了聲音，哪知他這麼溫柔的聲音居然讓段衍之神情大震，臉色瞬間蒼白。

第二十八章

「公子，您怎麼了？」巴烏看到段衍之的神色發生了變化，小心翼翼地出言詢問。

段衍之卻像是根本沒有聽到，反而一把拉住了即將朝太子那邊走去的喬小扇。

「相公……」喬小扇被他這動作弄得愣住，轉頭奇怪地看向他，卻發現他正皺著眉看著太子。

段衍之看了她一眼，視線又落到了太子身上，忽而朗聲道：「娘子放心，太子與我情同手足，既是兄弟之妻，太子自當會好好護妳周全。」

這話本是對喬小扇所說，但段衍之的目光卻由始至終都緊鎖著太子，像是宣告一般，手還緊緊扣著喬小扇的手腕。

太子聽出他話中的意思，臉色微變，尷尬地笑了一下。「雲雨說的是，既然是弟妹，我自當會好好護她平安無恙。」

段衍之這才鬆了手，另一隻手卻將巴烏交給他的東西握得死緊。

喬小扇一步步朝太子走去，卻對段衍之剛才的話感到很古怪，只是這些刺客的出現和剛剛認出段衍之的事實弄得她大腦紛亂一片，根本無法好好想清楚事情。

快到太子跟前時，她驀地停下步子，轉頭看向段衍之。

天色已經黑透，他站在那裡只看得出一個影子，孤傲寂寥，一如當初。

「相公……」她走回幾步，低聲相問：「可還記得兩年前京郊驛站？」

段衍之微微怔住，喬小扇已經轉身離去。

兩年前？京郊驛站？喬小扇為何會提起那裡？難不成她口中說的救她那次就是在那兒？

「巴烏，兩年前我去過京郊驛站？」喬小扇終於跟著太子等人離開之後，段衍之轉頭問巴烏。

巴烏看了看他，吞吞吐吐地道：「公子……兩年前您的確去過，不過您不是不讓別人提起了嗎？」

段衍之一愣，隨之想了起來。是的，他去過，兩年前的京郊驛站。他對那裡的記憶似乎只剩自己一身血污和不斷揮舞的長劍了。

真是個不愉快的回憶啊！

他在那裡見過喬小扇嗎？仔細回想，他似乎的確救過一個人，臨走的時候看到驛站馬廄邊的雜草堆裡躺著一個半死不活的人，給了藥，留了錢，僅此而已。當時他自己都渾渾噩噩了，難怪會忘了。

當時看那人的裝束還以為是個男子，難不成竟是喬裝改扮的喬小扇？

對了，他當時是怎麼說的？那人道謝，他有氣無力地回答了一句——

「不用道謝，舉手之勞而已。」

難怪，難怪喬小扇會誤以為是太子救了她，原來只是因為這句話嗎？

段衍之揉了揉額角，壓下了那段回憶，吁了口氣。

攤開手心，巴烏給他的那塊玉石在掌中靜靜地躺著。

翻過來，背面清楚地刻著東宮之印。

與太子給他的那塊一模一樣。

他皺眉沈思，若這些刺客是太子派來的，那麼就是為了繼續將喬小扇留在宮中，這也是他剛才說那番話的原因。

可是剛才刺向車中的那一劍卻是實打實的必殺之招，太子沒必要為了這個原因下殺手。

那麼，刺客就該是胡寬派來的。

可是胡寬派來的怎麼會有太子的親信標誌？

段衍之感到有些不妙，事情好像有些變化了，但是具體變化在哪兒他又說不出來。

「混帳！太混帳了！」老侯爺背著手在段衍之的房中踱方步。「不是我說你，人都接到馬車上了，還能讓她再回到宮裡去？咱段氏一門的臉面都讓你給丟盡了！」

段衍之無精打采地撐著下巴看著他老人家。「祖父，孫兒盡力了。」

「你哪兒盡力了？我看你這樣子分明就像是自己把自家娘子送到了太子手上一樣！」

老侯爺一甩袖子，怒氣沖沖的出門去了，實在不想看到自己這個不成器的孫子了。娶媳婦兒娶成這樣，實在丟人得可以！

他想起今早有同僚問起自己的孫媳婦兒的來歷以及為何一直待在宮裡，心中就一陣憋悶。孫子不明不白地娶了妻就算了，還見不到自己娘子，偏偏還只見他這個做爺爺的著急。

做爺爺做成這樣，他容易嗎？

段衍之自己又何嘗不難受？好不容易求太后准了喬小扇回府，沒想到又作廢了。

他托著腮暗暗沈思，下次要找什麼法子去把喬小扇弄出來呢？

正想著，鼻尖飄來一陣香氣，巴烏端著一碗米粥進來，放到他跟前。「公子，您到現在還沒吃飯呢，夫人叫下人給您準備了養胃的米粥，快些吃了吧。」

段衍之瞄了一眼，搖了搖頭。「淡而無味，不吃了，端走吧。」

巴烏無奈地看了他一眼，端起碗準備出門，忽然聽到身後的段衍之發出一聲驚喜的呼聲——

「對了，我有法子了！」

「啊？公子有什麼法子了？」

段衍之起身到他跟前，用力地拍了拍他的肩膀。「好樣兒的！巴烏，多虧了你的提醒啊！」

「……」巴烏無語望天，他有說什麼嗎？

「巴烏，明日一早去市集買些胡椒粉回來。」

「嗯？公子要胡椒粉做什麼？」巴烏看了一眼手裡的粥，心想放這裡面也不適合啊！

「我家娘子愛吃辣啊！」段衍之笑得歡快得很。要不是剛才看到這淡而無味的米粥，他還真記不起來喬小扇愛吃辣的事情，當初那個胡椒粉的事情可還讓他記憶猶新呢！

巴烏莫名其妙地看了看他，應了一聲，糾結地端著米粥走了。

第二日一早，段衍之起身入宮，不過這次懷裡多了一包胡椒粉。

太后正撚著佛珠在做早課，耳邊忽然聽到一陣驚喜的低呼聲，皺了一下眉頭，放下佛珠，喚來宮娥。「什麼人在外面喧譁啊？」

「回稟太后，是定安侯世子一早來探望世子夫人。」

「什麼？」太后冷哼。「昨日叫她回去，她又跟著太子回來，回來了一晚便又叫了雲雨進宮，這是把哀家這兒當成自己家了不成？去把他們給我叫進來！」

宮娥吃了一驚，趕緊應下，慌不迭地退出去傳話。

不一會兒，殿門打開，段衍之和喬小扇兩人一起走了進來，拜倒在地。

「怎麼，雲雨，昨日剛見了你家娘子，今日就又按捺不住了？」太后眼神凌厲地掃過喬小扇。「究竟你家娘子有什麼本事，竟能將你迷得如此神魂顛倒？」

「太后容稟，雲雨今日是自己要來的，只因我家娘子喜歡吃辣，雲雨特地送了胡椒粉過來——」

「你說什麼?!」太后驚詫地打斷他的話。「你就為了送胡椒粉而來?你把哀家這兒當成什麼地方了？」太后覺得自己最近越發容易動怒了。現在的孩子都在想些什麼呢？一大早進宮就為了送一包胡椒粉？

段衍之不慌不忙地朝她拜了拜。「太后息怒，雲雨之所以送胡椒粉進宮，只是因為我家娘子現在處於非常時期，想吃辣但是又怕麻煩宮人，所以才由我這個做相公的代勞。」

「非常時期？」太后好奇地問道：「什麼非常時期？」

喬小扇也奇怪地看了一眼段衍之，她在什麼非常時期啊？

「咳咳，呃……女子喜歡有口味的東西，太后自然明白是在什麼非常時期了。」

太后稍稍一思忖，恍然大悟，轉頭看向喬小扇時眼神已經溫和了許多。「原來是有了身子，既然這樣，妳也別跪著了。」

喬小扇錯愕地看了看段衍之，臉上緋紅一片。

段衍之悄悄探手捏了捏她的指尖，示意她不要露了馬腳。

「謝……太后。」喬小扇心情複雜地站起身來。

「行了，既然妳都有身子了，留在這兒伺候哀家也不方便，回去吧。」太后自顧自的呢喃道：「也不知道太子怎麼回事，莫名其妙叫妳進宮來伺候哀家……」

段衍之聽到她老人家的話，趕忙拜謝。「謝太后恩典！可是……萬一太子要是問起……」

「無妨，就說哀家說的就是了。這次別再去而復返了，哀家這兒可不是想來就來的地方。」太后揮了揮手。「退下吧。」

段衍之聞言再拜，起身朝喬小扇擠了擠眼，示意她快走。

喬小扇本來還在因為他的話而尷尬，此時見了他這模樣，弄得像是要逃走一樣，忍不住笑了一下。

段衍之被她的笑晃了一下神，一把拉過她就朝外走，心想怎麼著也不能讓太子看到她這笑容。

這次出宮順利得很，一路回府沒有遇到半個刺客。

喬小扇坐在車中，心中暗想可能是上次段衍之那斬草除根的做法起了震懾作用了。想到這裡時，她轉頭看了看段衍之的神情，後者卻仍舊面色溫和，端坐在車中一副怡然之態。若不是親眼所見，真的很難將他與昨日那個頃刻之間便斬殺了那麼多人的高手聯繫在一起。

「相公為何一定要接我出宮？」盯著他許久自然會引起尷尬，喬小扇只好找了個話題。

段衍之偏臉看她，臉上揚起笑容。「自然是捨不得娘子一人在宮中孤苦無依了，何況……」

他頓了頓，牽起喬小扇的手，目光灼灼地看著她。「娘子現在也該相信我足以保妳周全。」

喬小扇面色微紅。「可是你跟太后說我……若是被知道了實情，可是欺上。」

「我沒有說什麼啊，是太后自己推斷說妳有了身孕，實際上我什麼也沒說啊！」段衍之誠懇地眨了眨眼，表情十分無辜。

喬小扇心中好笑，剛要答話，外面卻傳來巴烏的聲音——

「公子，太子殿下在前面。」

什麼？又……

段衍之撫額。

太子，你到底有完沒完啊?!

第二十九章

雖然心裡有許多不滿，段衍之也不好表現得太明顯，掀開車簾下車之際，甚至還努力地在嘴角擠出了一抹笑容。

「太子有事要吩咐？」段衍之抬眼一掃，發現太子並未帶多少人，反而著了便衣，從一輛馬車上走了下來，身邊跟著兩個打扮成小廝的宦官。

「雲雨怎麼又將弟妹接走了？是不放心本宮的能力嗎？」太子笑著看向他，眼中卻有些不悅。

「豈敢，只是祖父惦念娘子，想要見見她這個孫媳婦兒罷了。」

「是嗎？」太子似乎根本不相信段衍之的話，不過眼神緩和了不少，走近段衍之身邊低聲道：「雲雨，你也知道這時候馬虎不得，我已經得到了不少證據，若是在這個時候喬小扇出了什麼事，誰也擔不起責任。」

段衍之眸色幽深。「太子這是執意要帶走我家娘子了？」

太子朝他身後的喬小扇看了一眼。「讓你娘子自己作決定如何？」

喬小扇其實已經思考了一番，以段衍之的身手，她當然相信他能好好護住自己，可是他一直以來隱而不發，若是因為自己而暴露了實力，也許反而會節外生枝，她自然不願看到那一幕。

「我……隨太子回去吧。」

「娘子?!」段衍之不敢置信地看著她。「妳……」

喬小扇朝他輕輕搖了搖頭，眼神明確地在制止他。且不說他曾經救過她，也不說她強搶了他有愧在先，就算是個陌生人，她也不能因為自己的事情讓他和整個侯府受牽連。

喬小扇走到太子跟前，淡淡地看了他一眼。「殿下這是打算將民女安置去哪兒？」

「喬……弟妹真是聰慧過人。宮中雖然安全卻耳目眾多，不若去本宮的私邸吧？」太子悄悄盯著喬小扇的臉色，觀察著她的反應。

喬小扇卻只是沈默了一會兒便點了點頭。

「太子……」段衍之叫住即將登上馬車的太子，神情無奈。「可否給雲雨一個期限？既然你說已經得到了不少證據，那麼哪天我可以迎回我家娘子？是否可以給雲雨一個期限？」

太子皺了皺眉，眼神凌厲起來。「雲雨，你莫不是忘了本宮對你說過的話了嗎？」

段衍之自然記得他說的話——不要因情誤事。

他勾唇輕笑。「太子莫不是忘了對雲雨的保證了嗎？」他也明確地說過，喬小扇是他的妻子。

「你……」有別人在場，太子不好把話說得太明，何況現在喬小扇名分上的的確確是段衍之的妻子，他昨天也的的確確做了那樣的保證，更重要的是，他不能因此破壞了他跟段衍之之間的情誼。

太子吁了口氣，壓下了心裡的無名火，點了一下頭。「我記住了。你放心，我會將你娘子安置在我的別院，你知道地方，放心好了。」

段衍之無話反駁，默然不語地看著喬小扇上了他的馬車。

喬小扇放下車簾之際，抬眼朝段衍之看來，只見他立於陽光之下，姿態卓然飄逸。

她只是輕輕一瞥便放下了車簾，卻讓段衍之心中一暖。前幾次她離去時從未用這樣的眼神看過他，現在卻總算有了些依依不捨的意味，這個事實讓他心中著實振奮了一把。

巴烏上前看了看他的神色，不解地道：「公子，少夫人走了，你怎麼這麼高興啊？」

「嗯，巴烏，此種心情，外人不足道也，你是不會懂的。」

巴烏望著遠去的馬車，撓了撓頭，他還真不懂。

太子別院內，一個侍女捧著一只匣子進了喬小扇的房間。

「世子妃有禮，太子殿下命奴婢送這只匣子過來。」

喬小扇正立在窗邊看著外面漸漸隱去的夕陽，聽到這話，提步走到了桌邊。「裡面是什麼？」

「奴婢不知。」

喬小扇自己打開匣子，微微一愣，原來是一柄蒲扇，上面繡著蘇軾的詩——

一扇清風灑面寒，應緣飛白在冰紈。

她記得這是太子初見她時吟誦過的。

喬小扇突然想起三妹喬小葉曾經跟她說過，男子喜愛在女子面前賣弄風雅，無非是故弄玄虛，其實就是對那女子有意思而已。

顯然這個回憶讓她很不舒服，她並不想跟太子這樣有權有勢的人有什麼瓜葛。

喬小扇將匣子蓋起來，推到了侍女手邊。「送去給太子，就說時則深冬，用不著扇子，而且……」她頓了頓，眼中漾出一絲暖意。「我自己有一把扇子了。」

段衍之曾經送過一把摺扇給她，上面還有他親手所繪的山水。

侍女唯唯諾諾地抱著匣子出門而去。

喬小扇走到床邊，從自己的包袱底下摸出了那柄摺扇。

徐徐展開，恢弘的山水撲面而來，江海奔騰，山川俊秀。

右下角有一行龍飛鳳舞的題字——

聽風，望川，尋月，踏雲，徒增失意，不如放手。

段衍之

喬小扇細細地看了看，心中忽而清明。當初看時，並未能理解其中涵義，今時今日再看，才知這並非只是在說遊客觀景的心情，而是另有所指。她心中感嘆，原來真風雅之人，只有段衍之。

喬小扇起身坐到書桌邊，研磨提筆，在摺扇上留了一句話，而後走出房門叫來小廝，囑咐其將摺扇送去定安侯府，交給世子。

定安侯府。

這次在段衍之面前叨唸的不是他祖父，而是他母親段夫人。

段夫人當然不會像老侯爺那樣沈不住氣，她跟段衍之兩人相對坐著，彼此默默地對視了半晌之後，相當冷靜地嘆了口氣。「家門不幸啊……」

段衍之瞬間耷拉下腦袋。「母親見諒，孩兒沒用。」

「太沒用了！」段夫人沈痛地看著他。「兒啊，再這樣下去，我真擔心哪天一頂綠帽子就戴到了你頭上啊！」

段衍之的臉黑了一半。

段夫人收起耐心，猛地拍了一下桌面。「你給我有點男子的擔當行不行？真不知道你父親那樣的人怎麼會生出你這樣的兒子來！」

段衍之愣了一下。「跟父親有什麼關係？」

段夫人抬了抬下巴。「當年你父親可是從當今聖上手裡把我給搶回來的，你真是半點都比不上他！」

段衍之聽了這話，頓時明白了她那天為什麼會說出皇室盡出多情種這種話來了，原來還有這麼一件風流韻事。他想起自己父親在世時那飄逸出塵、不拘於世的性情，會這麼做顯然一點也不奇怪。

想到他早逝的父親，段衍之的臉色暗淡了不少，也沒有心思跟他母親爭辯，怏怏地點頭道：「母親說的是，孩兒自然是比不上父親的。」

段夫人明白自己的話戳到了他的傷心事，也不好再多言。想起自己的丈夫，她自己的心情也跟著低落了不少，也懶得管段衍之的事情了，隨便交代了兩句便起身走了。

段衍之走到窗邊，看著夜空漸漸顯露的星子，腦中想起那晚與喬小扇一起觀星的場景，心中越發悵然。

他怎麼也沒想到太子會如此堅持，現在這情形，喬小扇似乎被太子盯得很緊，他們之間好像已經被隔離開了。

「公子……」巴烏走進房中時，看到他寂寥的背影，喚他的聲音不自覺地小了許多。

段衍之頭也不回，仍舊盯著外面的星星，隨口問道：「何事？」

「少夫人派人送了東西過來。」

「什麼？」段衍之一愣，趕緊轉身。「拿過來。」

巴烏將扇子遞給他。

段衍之展開一看，這不是他在天水鎮送給喬小扇的摺扇嘛，怎麼退回來了？他心中疑惑，仔仔細細地打量了一番摺扇，最後在他題的字旁邊看到了她留給他的一行娟秀小楷。

「相公當看淡收與放，有些東西不是放了就是保全，譬如泉石。」

段衍之輕輕唸出聲，惹得巴烏在一邊莫名其妙。

「什麼放與收？跟泉水石頭有什麼關係啊？」

段衍之神情怔忡，半晌過去，輕輕笑了起來。「不是泉石，是權勢。」

看淡放與收，有些東西不是放了就是保全，譬如權勢。

他本來一再放低姿態，一再隱藏自己是放，便是為了保全，如今喬小扇卻讓他看淡著一切。也是，他一直太過看重已經得到的，所以才會如此隱忍，這麼多年來，竟沒有過真正舒暢的日子。

段衍之走回窗邊，長長地吁了口氣，心胸豁然開朗，這幾日來心中鬱積的不快也煙消雲散。

「巴烏。」

「在，公子。」

「此時我真是感激太子讓我去了天水鎮。」

「啊？」巴烏撓頭，最近公子似乎越來越不正常了。

段衍之垂眼看了看手中的摺扇，眉眼盡是笑意。「因為我今日方知，此生懂我之人，唯有喬小扇……我找對了人。」

第三十章

京城之地多繁華，這點在新年之際體現得尤為突出。

當今聖上昭告天下，今年國富民豐，天下太平，除夕之夜大赦天下之餘還要與天下百姓共慶新年，屆時會在宮城樓台現身，與民同樂。

段衍之從他祖父那兒聽了這消息，心中一陣興奮。

聖上既然要與民同樂，哪能不帶著太子呢？

太子既然都與民同樂去了，他不就可以去跟他家娘子同樂去了？

老侯爺正對著他長吁短嘆，說除夕夜也不能一家團圓等等等等，段衍之心中正在籌劃著除夕夜的計劃，哪裡聽得進去半個字。

待到除夕當晚，在老侯爺和段夫人時不時的訓斥中勉強吃了一頓飽飯後，段衍之起身拂袖，淡笑道：「祖父與母親慢用，我這就去見我家娘子了。」說完施施然地出了門。

老侯爺和段夫人默默地對視了一眼，這才知道他為何剛才一直心不在焉，敢情是早就計劃好了。

段衍之帶著巴烏出了門，跟著人群往宮城方向湧去。

頭頂煙花陣陣，絢爛多姿，身邊人聲鼎沸，震耳欲聾。

他遠遠地看到城樓上人頭攢動，心中料定聖上和太子必定就快出現了，微微一笑，招呼巴烏湊近，在他耳邊如此如此、這般這般地吩咐了一番，然後拍了拍他的肩，笑咪咪地遠去了。

巴烏在他走後仰頭看了看高高的樓臺，苦惱地喃喃自語。「太子要是提早離開，我就……拖住？我怎麼拖住太子啊？公子，你玩我吧……」

段衍之當然不知道巴烏的痛苦糾結，他此時正身形如風般在暗處疾掠，方向正是太子置於城東郊的別院。

今日為了方便行動，他特地穿了一身玄色華服，在暗處遊走時如同鬼魅暗影，即使有人走過，也只感到耳旁呼嘯過一陣疾風，待回過神來，還以為剛才從眼邊一閃而逝的影子是幻覺。

太子別院內燈火通明，因為今晚是除夕之夜，太子特地准許下人們可以出府遊玩，因此此時只有護院在內，幾乎看不到其他伺候的人了。

喬小扇剛剛用了晚飯，此時正站在院中抬頭望著天上的星光。她離家已有月餘，又是大過年的，怎能不思鄉呢？也不知道三妹在揚州過的第一個年好不好？二妹在家是否一切都好？家中養的幾隻雞鴨可有照料好了……

想了一陣，她的視線微微一轉，望向院外西北方向，煙花在空中綻放，美不勝收，人們歡樂的呼聲清晰可聞，不知道侯府今晚是否也是這麼熱鬧？

身後有腳步聲接近，太子溫潤的嗓音自後傳來。「怎麼，除夕之夜只觀星就行了？」

喬小扇轉身看了他一眼，朝他福了福。「民女見過太子。」

太子著了明黃禮服，喬小扇知道他馬上就要去宮城陪伴聖上，與民共慶去了。

「不是說過了嘛，不必如此多禮。」太子走近她，笑得柔情密意，一手牽了她垂在身側的手，有意無意地湊到她耳邊低語：「若是覺得孤單，本宮早些回來陪妳可好？」

喬小扇眉頭微皺，一把抽出手來，往後退了一步。「太子請自重，民女是有夫之婦。」

太子臉色微變，卻還是很快就再次揚起了笑臉。「呵呵，不必緊張，我之前不是跟妳說過，將軍府遺孤本來就該是太子妃人選。」

喬小扇神情冷然，朝他又行了一禮。「那是將軍府千金，民女只是喬小扇，太子莫要再提此事。」

太子的臉面有些掛不住了，這段時日他沒少對喬小扇表露過好感，但是喬小扇偏偏與之前他身邊的任何女子都不同，不是顧左右而言他，就是默然不語，當作沒有聽到。

對於從小受恭維長大的太子殿下，他的自信心大為受挫。論背景地位，他怎會比不上段衍之？就算相貌不及他那般俊美絕倫，可也算是英俊瀟灑。但是偏偏喬小扇會對段衍之那個搶來的丈夫喚相公，就是不願與他這個什麼都有的太子有半點瓜葛，而剛才更是如此徹底明確地拒絕了自己。

太子越想越氣，聲音也不自覺地高了一些。「若是沒有段衍之，妳也如此拒絕本宮嗎？」

喬小扇眼神輕輕一閃，臉上露出些許羞赧之色，頓了頓才道：「沒有若是。民女是粗人，只知嫁雞隨雞、嫁狗隨狗，此生民女的丈夫，只有段衍之一人。」

「妳——」

太子心中一陣驚怒，身後恰好有人喚他，提醒他去宮城的時間到了，再不走就要來不及了。

太子回過神來，暗暗後悔剛才的行為舉止。

不過一個女子而已，怎可如此沈不住氣？

越是這樣有氣節的女子，才越讓人有親近的興趣。

他有的是時間，可以慢慢等。

「呵呵，剛才是本宮隨口一說罷了，弟妹不要有負擔才是。本宮這就出去了，妳若是覺得無聊，可以找侍女作伴。」

喬小扇對他這突然的轉變有些無法適應，愣了愣才點了一下頭。

太子朝她溫和一笑，轉身離去。

身後院中的樹木輕響，衣袂磨擦的細微之聲落入耳中，喬小扇心中一驚，猛地轉身看去，那棵枝葉蕭索的桂樹旁靜靜地立著一道玄色身影，面如皎月，唇邊的笑意漾出一陣碎玉般的光華。

「娘子剛才的話甚為不妥，真叫為夫寒心吶！」

「什麼？我說什麼了？」

段衍之慢慢朝她走過來，身形在周圍懸著的燈火下漸漸變得清晰。「娘子剛才說妳此生的丈夫只有我一人，我覺得十分不公啊！」

喬小扇沒想到他聽到了她跟太子的談話，臉上微微發熱，避開他的視線，問道：「有何不公？」

段衍之走到她面前，像是故意要看她害羞一般，繞著她走了一圈，而後在她身後站定，傾身在她耳邊道：「妳只說此生只有我一個丈夫，我可是許願說生生世世都要娶妳為妻的。」

喬小扇一怔，只聽到段衍之在她耳邊低笑。

「沒想到太子對妳還真動了心思，難怪……」

難怪會有那次行刺了。

喬小扇還未回過神來，段衍之突然伸手自她身後攬住了她，下巴抵在她肩頭，灼熱的氣息繚繞在她的頸邊，如夢囈般開口道——

「小扇，我們私奔吧……」

城中已經沸騰，百姓們聚集在宮城周邊，個個仰著脖子對當今天家翹首以盼。

上空的煙花一朵接一朵，像是應和著下面歡騰的人群，花形也是越來越壯麗。

從朝陽門到西直門的路幾乎被堵得水泄不通，小販們舉著各種零嘴和小吃艱難而開心地叫賣著。

一個小孩子興沖沖地跑到一個小販跟前要買吃的，剛開口就被路人給撞了一下，小小的身子被撞得往後仰倒，一下子落在一雙手裡。

「小心些，今天人可多，當心路啊！」

孩子眨巴眨巴著大眼睛轉身看去，對上一張淡淡的笑臉。身後的女子穿著淡藍印花的襦裙，頸邊圍著厚厚的圍脖，面容清秀，只是神情十分恬淡，安靜得像是什麼都不在乎一般。

「娘子，怎麼了？」段衍之走到跟前，看了看孩子，又看了看喬小扇。

原先不小心撞到孩子的婦人還未及離開，看到這幕，皺著眉道：「你們夫妻也真是，孩子好好看著，別讓他亂跑！」

喬小扇一愣，段衍之哈哈笑道：「大嬸說的是，受教了！」

婦人惱怒地瞪了他一眼，轉身就走，口中忿忿地嘀咕著。「居然叫人家大嬸，人家明明還年輕著呢，哼……」

喬小扇忍著笑，送走了孩子，一轉身卻剛好落入段衍之的臂彎中。

「娘子以後若是能一直這麼笑就好了。」

喬小扇抬眼看他，墨玉般的眸中倒映滿城風華，耳中喧囂俱已退去，眼中再無他物，只有他含笑的面容，似已化作寒冬中的暖陽，周身的寒氣都被逼退了去。

她抬手捂了捂胸口，詫異地發現自己的心居然跳得很快，簡直像要破膛而出一般。

她還是第一次有這樣的感覺。

「娘子的臉這麼紅，莫非是被風吹的？」段衍之悶笑著在她耳邊低語，見到她害羞的垂頭才終於忍不住笑出聲來，而後牽著她的手繼續往前走。

「我們要去哪兒？」喬小扇跟著他走了一段路，有些擔憂地問他。剛才出來得急，萬一太子要是回去沒有看到她，可能又要多事了。

她倒是真想跟段衍之說的那樣私奔，離開這煩人的局面，可是如今豈能說走就走？能出來放鬆幾個時辰便是天大的恩賜了，特別是在現在太子對她看得這麼緊的情況下。

段衍之像是看出了她的心思，轉頭哀怨地看了她一眼。「與我在一起時，娘子心中不可想起旁人。」

喬小扇聽著他這孩子般的語氣，忍不住彎了彎唇角。「相公你若用這語氣說話，估計京城所有女子都會被你迷得暈頭轉向的。」

段衍之腳下一頓，驚詫地回頭。「娘子……我的天吶，剛才不是真的吧？好像妳開了個玩笑啊！」

喬小扇被他盯得不好意思，眼神微閃，推了推他，叫他快點往前走。

段衍之轉頭看了看，周圍人太多了，他心思微微一轉，拉著喬小扇往反向而去，人果然少了許多。

離開人群，寒風一下子撲面而來，再往前走一段，連燈火都暗了許多。

段衍之抬頭看到前面一隊維持秩序的士兵正往他們的方向而來，一把拽著喬小扇就朝側面的巷口閃了進去。

等士兵們過去，段衍之才發現自己跟喬小扇貼得極近，兩人幾乎以摟抱的姿勢貼在巷子的牆壁上。他垂眼看向喬小扇，她正仰著頭，猶自略帶驚慌的喘著氣，昏暗的燈光照著她的側臉，眼神清亮得彷彿可以看到他的心底。

「相公……」

喬小扇剛剛開口，段衍之便俯下頭來吻上了她的唇，猝不及防的舉動讓兩人都有些怔忡。微涼柔軟的觸感直達四肢百骸，段衍之心中某個角落的柔軟被觸動，他環住了她的腰，將她拉得更近。

唇邊逸出滿足的輕嘆，其他的都已經不重要，此時此刻，她在他身邊，這便夠了……

第三十一章

皇都的夜空在一陣陣煙花下變得璀璨，大街小巷人聲鼎沸，酒肆茶館夜不閉戶。

與宮城遙遙相對的京城第一酒樓從第一層到頂層都賓客滿座，而在酒樓的屋頂，喬小扇與段衍之正相對坐著，欣賞著京城的繁華。

段衍之的衣袂隨風揚起，纏髮的絲帶在他的背後旖旎飛舞，搖曳一天的星光。

喬小扇看了看他巋然不動的坐姿，想起在驛站觀星那晚他的表現，不禁感慨他的演技。如今段衍之早已放下當初在天水鎮的柔弱舉止，即使靜坐不動，也掩飾不住一身的俊逸風致。

「相公，我還不知道你這一身功夫是從何學來。」

「娘子總算與我說話了。」

段衍之微笑著轉頭看她，剛才自那一吻之後，喬小扇便紅著臉再沒有跟他說過話，直至他帶她到了這高處。

喬小扇有些不好意思，垂著眼不看他。「我只是有些好奇罷了，這個問題早就想問了。」

「娘子若是想知道，我自不會對妳隱瞞。」

雖然每次他都不願回想。

段衍之的一身武藝門派繁雜，起先是因為自小身子孱弱，他的父親便教了他一些強身健體的功夫，但是沒想到他骨骼清奇，其父感慨不已，便將之帶去了塞外尋訪高人教授武藝。

那一年段衍之十歲，隨著父親到了塞外，正遇上了前朝蒙古貴族叛亂，他親眼所見自己的父親幫助邊關守將斬殺了幾百蒙古貴族及其族人，心中大受震動。

然而，他也明白這是無奈之舉，畢竟叛亂一起，受遭殃的永遠是黎民百姓。

自那之後，段衍之在塞外待了三年，期間師從了至少五、六位師父，有男有女，民族也各不相同，然而段衍之卻有天賦將這些所學融合在一起，自成一派。

回到京城之後，段衍之受舉薦進宮陪同太子讀書，他本想之後成為一代武將，保衛邊疆，免去那些叛亂和戰爭，但是後來的事情卻改變了他的看法。

段氏一門早先在太祖打江山時立過大功，但一直低調隱忍，是以傳國至今，段氏仍舊能穩穩地沿襲侯爵之位。

然而，段衍之的父親太過出類拔萃，民間口碑又極好，就連當今聖上也心存芥蒂。

十八歲那年，其父被莫名彈劾，而聖上居然沒有立即調查，反而將他軟禁在府中一月有餘。段衍之便是從那時起知道侯府實際正處於風口浪尖。

這一年他再度外出，隨父去往塞外遊歷，實際上也是避開權勢爭鬥。正是這一次外出，完全改變了他之後的生活。

段衍之在塞外遇到了巴烏，經由他介紹認識了許多蒙古有識之士。開始對方自然是不服的，看他不過一介少年，面貌美得如同女子，能有什麼大本事？可是不過片刻被他撂倒之後，眾人便都改變了看法。

彼時漢人官吏因為怕蒙古族人再起叛亂，課稅一向極其繁重。段衍之那時少年心性，經常幫著蒙古人作弄漢族官吏，有時甚至搶了錢糧分給他們。蒙古人向來重義，以巴烏為首的一些漢子便自發地歸到他旗下，言願為他效汗馬之勞。

段衍之怎麼也沒想到自己還能有這號召力，但這麼一來卻給了他極大的啟發。

他瞞著父親創立了青雲派，設於塞外，麾下俱是蒙古勇士或者蒙古遊民，用以安穩那些被朝廷視為前朝餘孽的蒙古族人。原先青雲派還舉步維艱，甚至與官吏屢有衝突，但後來邊關換了守將，實行了懷柔政策，漢族與蒙古族開始和平共處，青雲派在這環境裡居然漸漸壯大起來。

兩年後，段衍之隨父回京，身邊已經多了個蒙古勇士的隨從，便是巴烏。

然而，他怎麼也沒想到他們會在半途遇到伏擊。

刺客俱是出自江湖門派，只因不滿青雲派漸漸壯大的聲勢，矛頭直指段衍之，由此段衍之才知道自己不懂得藏拙的後果。

那時他太過年輕，有些成就便沾沾自喜，終究造成了被中原江湖人士視為仇敵的下場。

那是一場暗無天日的殺戮。

段衍之與父親還有巴烏以三人之力對抗數百江湖一流高手，以至於到了後來，段衍之幾乎已經不知道自己在做什麼，只有手中的劍還下意識地揮著。

等他們終於殺出一條血路，躲藏於一間破廟裡之後，段衍之發現自己的父親已經身受重傷，渾身是血。因為之前所謂的高手中，有人用了淬毒的暗器，為了保護段衍之，他已然多處中毒。

段衍之慌亂無比，趕忙要帶他去找大夫，卻被他攔下，因為已經來不及了……

之後每次想起此事，段衍之都自責不已。

回到京城之後，段衍之對外宣稱自己父親是因病而亡，暗中卻在四處找尋當日那些江湖人士的下落。

那段歲月幾乎不知道是怎麼過來的，段衍之自那時起便養成了偽裝的習慣。好在那些江湖人士並不知道他的真實身分，他以軟弱的世子身分暗中作著安排，每日白天與太子等世家貴族子弟遊山玩水，晚間於府中暗自修習武藝。

一直到兩年前，等他終於搜集齊了那些中原江湖門派的訊息，便派人通知他們在京郊驛站碰面，聲稱屆時青雲派宗主會現身，是一舉除去他的大好時機。

京郊驛站那年正在整修，並無人投宿，晚間連工人們都離去了，更是荒涼。

段衍之一人一劍，在驛站裡等候著眾人。

關於那晚的記憶，他已經記不太清晰，抑或是刻意忘記。如今回想起來，只覺得仍舊不斷有溫熱的鮮血噴濺在自己的身上。他如同地獄現身的勾魂使者，每一劍刺出，必有人斃命。

中原江湖門派一夜之間大為受創，青雲派從此奠定了江湖霸主的地位，只是青雲公子從此卻再難覓行蹤。

彷彿從未出現過一樣，自那一夜之後，再也沒有人見過他。

夜風寒冷，段衍之的聲音低沈清冷，與下面的熱鬧形成了極大的反差。

他起身而立，腰間墜玉的流蘇隨風搖曳，衣袂翩躚，恍若隨時都會乘風離去。

「相公，都過去了……」喬小扇隨他起身，一手不自覺地搭在他的胳膊上。

她猶記得當時的慘狀，只是因為當時受了傷躺著，無法動彈，並未窺見全部，但此時略一回想，他當時一臉血污和門人們驚呼他稱號時的情形，心中仍舊會覺得震撼。

原來他一直以來溫和笑意的背後藏著這麼多傷痛，難怪他能淡笑著屠盡所有刺客，只因早已麻木，更是不願再有身邊的人受到任何傷害。如今再要他回想過去，簡直如同凌遲。

她很想說些什麼寬慰他，可是她實在不會安慰人，沈默半晌也只能說出這樣一句話來。

段衍之側身垂眼凝視著她，臉上淒涼的神情漸漸隱去，唇角微勾，眼中浮現出一絲戲謔。

「娘子這話似乎以前說過，既然都過去了，那麼我是否已經遇到了珍惜我的人了呢？」

喬小扇微微一怔，這才想起她的確在天水鎮跟他說過這話，還是在他跟尹大公子見面之後那次，當時她以為他好男風來著。她長睫微顫，垂著頭看不清表情，但滿街的燈火下，連耳根都紅了卻是叫段衍之看得清清楚楚。

「相公……」下面的話再也說不下去，她抬眼看向段衍之，神情雖羞赧，眼神卻滿含溫暖的堅定。

段衍之心中一動，面上露出欣喜之色，就勢攬她入懷，下巴抵在她的肩頭，嗅著她髮間幽香，只覺得愉悅滿足幾乎要撐滿胸膛。

喬小扇微微一頓，反手摟住他的腰，在他耳邊低聲又喚了一聲「相公」。

雖是同樣的稱呼，心境已經大不相同。

今日之後，唯有真心相待，再無其他。

街上的人群逐漸退去，歡鬧的聲音漸漸轉小。

喬小扇閉了閉眼，在段衍之的胸膛前貪戀般停頓了一瞬後，輕輕推開他。「我……該回去了……」

城中喧囂已退，城東郊的太子別院一片靜謐。

喬小扇翻窗而入，落地之時眼中落入一片明黃。

「參見殿下。」她站直身子，朝坐在桌邊等候已久的太子行了一禮。

「弟妹今日出去可覺得有趣？」太子半勾唇角，笑得頗具深意。

「除夕之夜，自然有趣。」喬小扇垂首靜立，不慌不忙。

太子輕輕點頭。「如此便好，在這裡實在無趣，出去也好。」他站起身來，朝喬小扇笑了笑。「弟妹在這裡也的確是悶得慌，不如回侯府去住些日子吧。本宮暗中派人守在侯府，保妳平安便是。」

喬小扇一怔，不可思議地看著他。「殿下說真的？」

「自然，本宮豈會騙妳？」

看得越緊便越難得到，今晚她能與段衍之一起出去，難保還沒有下次？

太子也是仔細思考之後，才明白了箇中道理。正是這樣才會讓他們難分難捨，還不如反其道而行。

「妳明日便回府去吧，住些時日，待到本宮要行動之時再接妳回來，以免遭到胡寬毒手。」

太子說的句句在理，喬小扇心中暗暗思索了一番，雖然對他突然如此轉變感到驚訝，卻找不到任何異樣之處，便行禮謝恩。

能回侯府，總是好事一樁。

第三十二章

一大早，枝頭結了一層白霜，天氣冷得出奇。

正月初一，正是各家各戶出門拜年的日子。

喬小扇沒有通知任何人，自己回到了侯府。

老侯爺一早入朝給皇帝拜年去了，門口的守衛看到遠遠的馬車行到門口，還以為他老人家回來了，等喬小扇走出來卻是愣了愣。

許久沒有見到這位新夫人了，難怪人家會是這樣的表情。

進了侯府，喬小扇的步子不自覺地慢了下來，像是近鄉情怯一般，看到前廳大門，心中竟有些遲疑。

有人如同她一樣在門口徘徊。

精緻的繡花襦裙裙襬在她每次轉身之際輕輕舒展，她一邊搓手，一邊皺著眉踱步，時不時地看向前廳，猶豫著要不要進去。等視線掃到喬小扇，頓時一怔。「妳……」

「原來是表妹，許久不見了。」喬小扇對她點了點頭。她是來拜年的吧？不過看這樣子，倒是自己造成了現今她這困境了。

「我聽說妳現今不在侯府，這是從哪兒來？」

喬小扇沒有回答她，因為已經有人從前廳裡衝了出來，身上的朱子深衣隨風揚起，一路飛奔到她面前，口中呼出陣陣白氣，繚繞著他的笑臉。

「娘子，妳……妳回來了？」

喬小扇被他的情緒感染，忍不住彎了唇角。「嗯。」

秦夢寒在一邊噘著嘴畫圈圈。

前面半天你都不現身，現在聽到她的聲音立馬就奔出來了?!表哥你是故意的吧？是吧是吧是吧？

段衍之一手牽了喬小扇，感到觸手冰涼，乾脆把她的雙手都包在了掌中搓了搓，等喬小扇的手上有了些溫度，他才轉臉看向秦夢寒。

「表妹來了許久了？怎麼不進去？」

秦夢寒心底一陣淚奔，你就是故意的故意的故意的……

「走吧，別站著了，進屋說話。」

秦夢寒抽了抽鼻子，看了一眼兩人交握的雙手，默默無言地跟著兩人進了前廳。本來今日她父母都要來侯府拜年的，奈何之前那樁親事弄得實在尷尬，她便作為代表，來侯府把禮節做足，不然以後兩家就是老死不相往來也是有可能的。

兒。

可憐她一片赤誠之心，愣是在外面吹了半天冷風，要不是喬小扇來了，她興許還要多站一會兒。

段夫人親自出來招待，命人沏了熱茶，秦夢寒捧著茶杯好一會兒才覺得身上有了些熱氣。

「夢寒難得來一趟，用了午飯再回去吧。」段夫人說著就要吩咐下人去準備午飯。

秦夢寒看到那邊你儂我儂的段衍之和喬小扇，頓時沒了興致，起身就要告辭。

哪知段夫人竟也不多留，稍微挽留了幾句便下令送客。

秦夢寒心涼，這年拜得著實委屈。

走到門邊，秦夢寒頓下步子，突然轉身對喬小扇道：「那日在天水鎮的救命之恩，多謝了。」

喬小扇微微一愣，還以為她對自己一直心懷敵意呢。那日的事情她心中定然也不會覺得好受，卻沒想到她倒還算明白事理，當時的確是為了救她才對她說了那些重話的。

她點了一下頭。「表妹不必多禮，應該的。」

秦夢寒抿了一下唇，又看了一眼段衍之後，轉身離去。

這天晚上，侯府總算吃了新年以來第一頓團圓飯。

雖然侯府對太子突然讓喬小扇回來很不解，尤其是段衍之，但是喬小扇能回來總是一樁好事，其他的暫時不想也罷。

晚上休息時，安排住房倒叫人犯起愁來。喬小扇這麼長時間還是第一次在府中居住，到底要不要跟世子同房成了個問題。

所有人將視線一致投向喬小扇，詢問她的意見。

她紅著臉，半晌才道：「我……還是單獨住一間吧。」

段衍之頓時失望撫額。

娘子，妳怎的這般不解風情啊……

晚間天氣越發寒冷，段衍之將喬小扇一路送到房門口，拖拖拉拉不肯離去。

「相公，早些安歇吧，天氣寒冷，別著涼了。」喬小扇站在門邊好心提醒。

「娘子，我有事對妳說。」段衍之扭捏起來，支支吾吾了好半晌才道：「我想……我們不如……補辦一次婚禮吧。」

「嗯？」喬小扇愣了愣。「相公怎麼想起這個來了？」

段衍之怨念，不重新辦一次婚禮，還不知道什麼時候才能洞房呢，他想起這個實在再正常不過。

「娘子是否願意？」

喬小扇面頰發燙，雖然周圍昏暗一片，她還是垂下了頭，不好意思正面對著段衍之。

「不願意？」段衍之上前一步，一把捉住她的手，整個人都跟著貼到了她身上，另一隻手扣住了她的腰，一下子將她固定在門與自己的胸膛間。

黑暗是可以掩飾尷尬，可也能讓人乘機揩油不是？

「願不願意？」段衍之的聲音低沈魅惑，在喬小扇的耳邊輕輕響起。

「相公，你……」她無奈地嘆了口氣，心中忍不住好笑。「你這是在威脅我嗎？」

「怎麼會？我這是在利誘。」段衍之一聲低笑，在她耳邊啄了一口。

喬小扇偏臉躲開了去，微笑點頭。「好，那就這麼定了吧。」

段衍之欣喜地摟緊她。「娘子……」

「唔，相公，你真的該去休息了。」

「嗯，我知道。」

「……」知道你還不放手？

第二天一早，侯府就開始忙碌。

老侯爺掐指一算，正月初六乃是黃道吉日，宜嫁娶，於是日期敲定，大家各司其職，開始準備所需物品。

段夫人頗為頭疼地草擬著需要宴請的賓客名單。

喬小扇正在房中由裁縫伺候著量尺寸，只聽窗戶一陣輕響，似有什麼東西打到了上面，弄得裁縫怔忡許久。

「相公，成親之前還是莫要見面的好。」喬小扇好笑地對著窗戶說了一句。

窗外響起段衍之的聲音——

「啊，我只是恰巧路過而已，這就要走了，娘子繼續。」

喬小扇搖了搖頭，一偏頭看到裁縫忍俊不禁的神情，頓時鬧了個紅臉。

「世子妃與世子感情真好，看來這外面的傳言不能信吶！」

喬小扇一愣。「什麼傳言？」

裁縫似乎意識到自己失言了，趕緊笑著轉移話題。

喬小扇卻不依不撓地追問：「究竟什麼傳言？」

「呃……也沒什麼，只不過有人說世子是世子妃您搶回去的，所以他很怕您吶。不過那種子虛烏有的傳聞，奴婢們是不會相信的，呵呵……」

喬小扇笑了一下。「傳言是真的。」

「……」

嫁衣兩天便做好了，期間又改了一次，初五當天便送到了喬小扇手上。

喬小扇拿到之後，摸了摸那滑順的面料，想起在天水鎮剛剛成親時的模樣，心中湧出一陣暖意。當初怎麼也沒有想到會有今日，若是兩個妹妹知道了，肯定會吹捧是她們的功勞了。

她心中一動，拿起了那件嫁衣穿到身上，果然合身得很。前襟繡了彩鳳，華麗的尾羽連接到兩邊領口下端。一邊各綴一支長長的流蘇，長及腰部。領沿和袖口繡了五彩瑞雲紋樣，鮮豔喜慶。

一雙胳膊自後方悄悄攬住她，喬小扇一驚，只聽到身後傳來一陣悶笑。「娘子莫要驚慌，沒見著面，只見到妳的背影而已。」

「相公好功夫，連我都沒有察覺。」

「非也，只因妳太專注這一身嫁衣了。」他扯了扯她的袖口。「果然漂亮得緊，連我都要看呆了。」

喬小扇抬頭，對面的鏡中映出他促狹的笑臉。

「這還是算見面了吧？」

「好了，不用那麼在意，能有什麼事？」段衍之笑咪咪地扳過她的肩膀。「若是尋常也就算了，居於一處還見不著面，心中委實難受。」

喬小扇推開他。「現在見到了，可以走了吧？」

「嗯？這麼著急做什麼？」

門外有人敲門，打斷了兩人談話。「少夫人，侯爺和夫人請您去前廳。」
喬小扇終於有理由將段衍之推出門去。「我要換衣裳了，在外面等著。」

侯府各院已經開始佈置，長長的紅綢從門楣懸下，帶出一片喜慶。
老侯爺和段夫人站在前廳門口，臉色沈凝，喬小扇與段衍之走近，正覺得古怪，前廳中有人走出來，白衣翩翩。
「沒想到明日就是二位的好日子，本宮居然不知道。」太子臉上帶笑，視線從段衍之和喬小扇臉上一一掃過。
「參見太子。」喬小扇行了禮，轉頭去看段衍之，眼神很清楚，怕是辦不成喜事了。
果然，太子看了一眼段衍之，便轉身對老侯爺道：「本宮也不想打擾各位，實在是弟妹如今涉及到一些要事，本宮為了保證其安全，仍舊要帶她離開。」
「太子，小扇歸府不過短短幾日，是否有些匆忙了？」段衍之忍不住出言阻止。
太子走近兩步，湊到他耳邊低聲道：「雲雨，實在對不住，本宮決定要動手了，所以不得不提前將弟妹接走，還望見諒。」
段衍之看了看他的神情，太子一臉誠懇地看著他，面帶愧疚。他嘆了口氣，轉頭看向喬小扇。

她半垂著臉，許久才朝他投來一瞥，很快又移開了視線。

「太子請稍候，容民女去準備一番。」喬小扇行了一禮，朝後院住處走去。

府中原先正在準備的下人們見狀都停了下來，不知所措地看著老侯爺和段夫人，不知道還該不該繼續手上的事情。

段衍之看了看面色不佳的祖父和母親，低聲問太子。「不知太子可否告知我家娘子何時可以回來？」

「這個……應該用不了多久。」太子朝他安撫地一笑。

「此番……太子可有把握？」

太子眼神一閃，笑容變得篤定。「自然。」

沒多久，喬小扇便回到了前院，空著手並沒有帶什麼東西，唯一不同於之前的，是頭髮全都盤了起來，梳了婦人髻。

之前她總習慣垂著部分髮絲，如今這一舉動卻像是一種宣告。

她要以侯府之婦的身分走出這扇門。

段衍之心中大震，說不清是喜是愁。本該是喜事一樁，卻總有外因阻礙，他們之間是不是太多舛了些？

太子看到喬小扇的裝束，抿了抿唇，並未多言，只拍了拍段衍之的肩頭，轉身朝門外走去。

喬小扇朝老侯爺和段夫人行了禮後，歉疚地看了段衍之一眼。

「相公，下次吧。」

第三十三章

春雷陣陣，今年的春日來得尤其早，元宵節剛過，正月還未了，一直乾燥的北方居然已經下了一遍的春雨了。

段衍之乘著車輦到了宮門，先下了車，撐好了傘才扶著祖父下車。

天還沒亮，小宦官上前來打燈籠，見到段衍之也在，趕忙見禮，討好似地對老侯爺道：「侯爺真是好福氣，上朝還有世子爺陪同吶！」

老侯爺哈哈一笑，不予置評。

小宦官還以為馬屁拍對了，一個勁兒的沾沾自喜，可若是光線夠亮，他一定會發現老侯爺的面上不見任何喜色。

今早聖上突然傳旨，讓段衍之也一併上朝，說有事情要說。

老侯爺伴君已不是一日，直覺地感到不是什麼好事。

大殿裡的人已經到得差不多了，見到老侯爺和段衍之一起走進來，紛紛將視線投了過去。

段衍之金冠束髮，著了廣袖玄端，領口與袖口繡了祥雲圖案，腰間飾以青白玉珮各一塊，流蘇幾要曳地，襯著他溫潤的神情，一路緩步行來風華無雙。

太子立於百官之首，轉頭看到他的風致，心中微微黯然。這樣氣質的男子，難怪會讓喬小扇眼中再也看不到其他男子。

想起當日接走喬小扇時，她在他身上流連的眼神，雖然不願承認，太子卻不可否認自己有時的確會對段衍之心生嫉妒，也許唯一可以安慰自己的便是他一直軟弱，這點自然比不上自己。

「參見太子。」段衍之走到跟前抬手行禮，笑意溫潤。

「雲雨不必多禮。」太子微微一笑。「難得在這朝堂上見到你，一時竟有些不習慣。」

段衍之眼神微微一閃，笑而不語。

「皇上駕到——」宦官細長的聲音迴蕩過後，百官拜倒，龍座上方的帝王落坐。

接下來是冗長無趣的政事討論，段衍之站在祖父身邊，暗自揣測著自己被宣來此處的用意。

「段卿何在？」

許久之後，皇帝的聲音將幾乎快要站著睡著的老侯爺驚醒，他老人家趕忙出列行禮。「老臣在。」

「朕聽聞定安侯府新添了孫媳，可有此事？」

段衍之心頭一跳，抬頭看向太子，明黃色的背影挺得筆直，似感到他的注視，太子微微轉頭，只輕輕一瞥便又移開了視線。

「回陛下，確有此事。」

「朕聽聞雲雨已經有了婚約，為何會與他人成婚？這麼做似乎不妥啊……」

皇帝尾音一拖，心腹臣子立即出言幫襯——

「君子以信立人，怎可毀婚約而娶他人？確實大為不妥……」

「就是，就是……」

「沒錯，沒錯……」

「……」

首輔大人胡寬撚著鬍鬚，趣味盎然地看向段衍之。

段衍之出列一步，朝皇帝拜了拜。「聖上榮寵，因雲雨一己私事而擾亂朝堂，實在該死。君子雖以信立人，身為男子卻更應負起責任。且不說其他，雲雨已經娶了妻子，自然不可悔婚，否則便是不仁不義，有何顏面立於世間？」

皇帝被他說得噎了一下，掃了一眼下方的太子，微微皺眉。什麼破事需要他這個皇帝親自出馬？太子簡直是活回過去了！

皇帝在心中翻了幾個白眼，轉頭看向一邊的大理寺少卿秦大人。「秦卿，你有何說法？」

秦大人身任法職，更重要的是，他還是秦夢寒的叔父。皇帝的心思簡直是昭然若揭。

老侯爺早已聽過段衍之說起這些事情，心中鄙夷。護短也不帶這樣兒的，皇帝這是幫著兒子搶自己的孫媳婦兒呢！

秦大人瞇著眼睛思索了一番，搖頭道：「啟奏陛下，臣以為此事放在朝堂上議論實為不妥。其一，侯府與秦家婚約乃私下所定，非涉及皇恩，是結是解該由他們自行決定；其二，世子與我那姪女雖然有婚約卻無夫妻之實，如今比較起來，自然還是已經結髮的妻子更需負責。」

見過拆牆腳的，沒見過拆牆腳且還這麼沒有眼力見兒的。

皇帝憋悶得不行，心想就這麼被說成多管閒事了。他瞪著太子，這都怨你啊怨你！

太子也沒想到秦大人會連自己的姪女也不幫，這個司法大人是不是太公正了點兒？

胡寬見到太子黑著臉，繼續撚著鬍鬚淡定微笑。

於是這件事……不了了之。

下了朝，段衍之叫巴烏送老侯爺先行離開後，自己守在東宮門口。

太子遠遠朝他走來，面色不佳。

「太子今日似有些反常。」待他看到自己，段衍之先行開口。面上雖然在笑，卻有些漫不經心。

「本宮如何反常了？」太子撫了一下衣袖，在他面前站定。

「太子本該集中精神對付首輔大人，如今卻將矛頭對向了我，更重要的是，太子似乎正在覬覦自己的弟妹。」

「你——」太子一時語塞，面上一陣尷尬的潮紅。

他居然說他覬覦？喬小扇本來就該是他的妃子，何來的覬覦之說？太子捏緊掌心，沈著臉默不作聲。

段衍之輕輕一笑。「太子見諒，我與我家娘子彼此真心相待，並無休妻打算，只願太子早日達成心願，也好讓我與娘子團聚。」

語罷，睨一眼太子緊握的手，與之擦身而過。

行到半路，天上又開始下起小雨來。

段衍之因之前的事，心中煩躁，想靜一靜，便一人獨自撐著傘走在街道上。

春雨打濕了他衣裳的下襬，此時形容略微有些狼狽，卻仍舊擋不住沿途女子投來的心儀目光。

段衍之微微一笑，心想喬小扇若是什麼時候能這麼看著他就好了，不過以她的性子，實在是難上加難。

天氣陰沈，街上也有些清冷，外出的人不多，如他這般穿著體面卻獨自一人行走的人更少。眼光一掃，前方十步開外，一個男子身著白衣，撐著傘朝他的方向走來，身形偉岸。待到近處，那人傘簷抬高，英俊的臉上先是閃過一絲驚愕，接著便朝他微微一笑。

「既然這麼巧遇到，不如一同喝一杯如何？」段衍之朝他右邊努了努嘴，那裡是一間上好的酒樓。

「可以。」

還是這麼清冷，真是……

段衍之嘆了口氣，率先走進了酒樓。

二人臨窗而坐，接過小二遞上來的酒，段衍之十分周到地為他斟滿了一杯。「聽聞尹大公子前些日子與弟妹一起出去遊山玩水了？」

尹子墨瞥了他一眼。「看你這神情，是羨慕了？」

段衍之點頭。「可不是？我若能像你那樣，帶著自己娘子遊遍大江南北，無事一身輕，可就真的滿足了。」

「世子似乎心中有事。」尹子墨舉杯淺酌了一口，放下酒杯，手指有一下、沒一下地輕敲著桌面。

段衍之微微一怔，繼而失笑。「不愧是閱人無數的商人，察言觀色之道已然練得爐火純青了。」

「這是自然。世子若是不介意，可以與在下說一說。」

「唉，還是墨子你夠朋友……」

「別，世子還是叫尹大公子比較好。」

「……」

兩人交杯換盞，沒一會兒半壺酒便下了肚。

段衍之並不習慣與人分享自己的私事，但是今日因為被太子擺了一道，心中總是不舒服，多多少少還是對尹子墨說了一些。

尹子墨依舊一手輕輕敲著桌面，另一隻手托著腮望著窗外飄著的細雨。「你方才所說，莫非太子對你家娘子有意？」

段衍之看他一眼，一口飲盡杯中酒。

「可是我聽我叔叔和秦大人說，首輔胡寬有意將自己的女兒嫁給太子，並且事情似乎已經敲定了。」

段衍之一愣。「什麼？」這些日子他只顧著將幾名心腹都派去守著喬小扇，不想卻忽略了這麼一件大事。

尹子墨的叔叔尹大人和大理寺少卿秦大人都是皇帝的心腹，從他們口中出來的消息自然不會有假，尹子墨自己更無必要騙他。

可是，太子怎麼會答應與胡寬結親？既然已經與胡寬結親，又何必還想著扳倒他？更沒有必要再留著喬小扇了呀……

心中一震，他猛然想到什麼，丟下酒杯，連招呼也來不及打一聲便慌忙衝了出去。

尹子墨看著他的背影，搖頭嘆息。說要一起飲酒的人是他，結果酒錢還是要他來付，真是過分！

此時的段衍之正飛快地朝太子別院奔去，連傘也沒有帶。

剛才尹子墨的話讓他醍醐灌頂，瞬間醒悟。

其實早在今日早朝，他就該意識到事情有變的。

太子接走喬小扇那日明明說自己就要行動，為何遲遲沒有動作，反而逼他休妻？

恐怕是想斬斷他與喬小扇的聯繫，然後才好向喬小扇下手。

沒錯，太子的目標已經不是胡寬，而是喬小扇！

若非如此，他不會答應與胡寬聯姻。

還有那次刺殺，難怪那一劍雷霆萬鈞，誓要一擊必殺。太子不是為了藉此留住喬小扇，而是真的想要她的命！

他一直以為太子正專心對付胡寬，卻沒想到他竟臨陣倒戈，反而將喬小扇推進了火坑！

只要除去喬小扇，胡寬當初的惡行便可以掩埋，胡寬繼續做他的首輔，太子迎娶其千金為妃，屆時胡寬便會安心，太子也保住了地位。

好計劃，犧牲的只是旁人罷了。

太子別院內靜謐無聲，段衍之飛身而入，迅速地潛到後院，卻發現情形不對，整個院中居然半個護衛都沒有。他不管不顧地奔到喬小扇房門口，推門而入，哪裡還有半個人影？

段衍之無力地倚著門邊喘息，腦中紛亂一片。

靜立半刻後，他迅速轉身出府。

他要立即趕去東宮，問太子要人！

第三十四章

雨早就停了下來，段衍之快速地朝東宮奔去，沿途景致早已黯然失色。

一直到了宮門口，他平復了一下氣息，正要掏出腰牌進去，卻被守在門口的御林軍攔下。

「世子恕罪，太子殿下有令，今日任何人沒有召見，不得入宮。」

段衍之一愣，心中越發焦急。此時不讓他進宮，必然是有意為之。

他在宮門口踱著步子，平復了一下慌亂的心情，暗暗思索對策。

強闖肯定不行，若是喬小扇不在東宮，進去了反而會連累自己入獄，屆時更加救不了她，可是更不能不進去。

他想了想，問其中一個御林軍。「太子殿下現在人在何處？可在宮中？」

兩個守衛原先得罪了他就有些忐忑，又見他剛才的模樣似乎十分焦急，以為他有急事找太子，便趕忙搶著回答。

「殿下不在宮中，下了朝就出宮了。」

段衍之沈吟了片刻後，點了點頭。「那我便在這裡等他就是。」

此事被他發現得太突然，太子一定還沒有察覺事情已經洩漏，此時他不宜太過張揚地行事，否則反而會打草驚蛇。

這一等，一直等到下午，御林軍都換了崗了，他仍舊立在宮門口。

原先衣裳已經被雨水打得半濕，被風一吹寒冷無比，他卻毫不在意。

身上的寒冷哪裡比得過心裡的。

東宮之主不僅只是主，也是友。他自問除了自己的一身武藝和青雲派宗主的身分之外，根本沒有什麼事情瞞過他，關於喬小扇，更是已經明確跟他說清楚了自己的意思，卻不曾想反而走到了今日這一步。

段衍之揉了揉額角，權勢之下，果然沒有什麼情誼是牢靠的。

只是想到他跟太子走上了這樣的立場，心中不免感慨。

他此時只希望太子是一時糊塗，馬上便會清醒，最好是這個推斷從頭到尾便是錯的，太子不會害喬小扇，所有的預測都不會發生。

天上滾過一陣沈悶的雷聲，似乎又要下雨了。

天色漸暗，已經就要擦黑，遠處緩緩駛來一輛馬車，清脆的蹄聲踏在石板上，叫段衍之一瞬間振奮了精神。抬眼看去，果然是太子的馬車！

他趕忙快步上前攔截，車伕慌不迭地停車，驚得馬一陣嘶鳴。

太子掀了簾子露出臉來。「怎麼了？」一抬眼卻看到車邊站著的段衍之，微微一愣。
段衍之登上馬車，趕走了車伕，一聲不響地掀簾進入車內。
「雲雨這是有事？」太子雖然在笑，臉上卻看不出絲毫輕鬆，眼神亦有些閃躲。
「殿下這是從胡首輔府上回來嗎？」
段衍之在他側面坐下，一說話太子便怔了一怔。這還是他第一次稱自己「殿下」。
兩人關係親近，段衍之一向都是直呼太子，從未用過這個尊稱，所以太子已經直覺地感到了些許不妙，更何況此時車廂內的氣氛著實說不上好。
「雲雨怎會問起這個？本宮不過是隨意出去走走罷了。」
段衍之沒有接話，只是定定地注視著他，直到太子心虛地移開視線。
「你究竟是怎麼了？突然來找本宮有何事？」
「殿下可否讓雲雨見一見我家娘子？」
太子乾笑了一聲。「怎麼突然想起來這個？」
段衍之輕輕掃了他一眼，壓低了聲音。「為防生變。」
太子臉色一變，神情變為複雜，看不清究竟是惱怒還是慌亂，咳了一聲，不作回答。
「殿下。」段衍之離座，掀了衣襬，單膝跪在他面前。「請殿下念在你我多年情誼的分上，不要妄動他念。」

太子被他這模樣弄得措手不及，臉色越發尷尬難堪，怎麼也沒想到段衍之已經知道這件事情。

他暗自懊惱了一陣，甩袖道：「怕是你想多了，本宮從未有過什麼其他念頭。」

「殿下，君無戲言，您清楚自己的身分，切莫信口開河。」

「你……」太子臉上閃過驚怒。「你究竟要做什麼？」

「想跟殿下要回我家娘子，我要帶她離開。」段衍之起身坐到原來的位置，神情也有些不耐，他已經按捺半天了。

「不可。」太子想也不想便斷然拒絕。

半晌靜默，段衍之沒有作聲，車中氣氛卻越來越壓抑，甚至使人忍不住想要離開。

太子從未見過如這般陰沈著臉的段衍之，心中沒來由的一慌，起身便要出去。「時候不早，本宮應當回去了。」

一隻胳膊攔在門邊，段衍之的神情讓太子瞧了只覺陌生無比。

「殿下，我一定要帶走我家娘子。」

太子被他篤定的聲音一激，冷哼了一聲。「帶走她，你有把握護她周全嗎？」

「總比明知道她有危險還聽之任之的好。」

太子頓時語塞，臉色蒼白一片，頹然地坐了回去。

「殿下，喬小扇現在何處？」

段衍之早已隱去先前的溫和模樣，此時雖然仍舊只是端坐著，渾身卻有股不怒自威的氣勢。

實際上，他一開口太子便皺了皺眉，因為他發現自己身為東宮之主，氣勢竟被一向柔弱的他給壓了下去。

「本宮自會保她無事，你問這麼多做什麼？」

「殿下！」段衍之猛地沈下聲音。「您還要瞞我到何時？話已經挑明，請殿下放人吧！」

「那本宮問你，你有何把握護她周全？」太子的眼神亦變為凌厲。

「侯府自有辦法護她安全。」

「是嗎？」太子冷哼。「我還道你莫非有什麼其他勢力。」

段衍之瞇了瞇眼，原來從剛才他問喬小扇下落時，太子便在試探他，看來太子是知道了什麼了。

他冷笑了一聲。「殿下知道我從來不會冒險，既然敢說，便有把握。」

「段衍之！」太子驀地勃然大怒。「你果然欺瞞本宮！明明是侯門世子，卻跟江湖門派諸多關聯！還有，你在塞外的那幾年恐怕不是遊學，而是勾結前朝餘孽去了吧！」

太子的話讓段衍之怔忡了一瞬，隨之恍然，原來他們之間早已沒有信任。

「此事怕是胡寬告知殿下的吧？」

太子眼神一閃，沒有回話。

好計策，一箭雙鵰，除去自己的眼中釘，再挑撥了他跟太子之間的關係，如此便天下太平，再無可以掀起的風浪。

「殿下居然說我那是跟前朝餘孽勾結？」段衍之無奈的一笑。「原本那是可以助殿下一臂之力的勢力，也許此時要反過來用一用了。」

太子眼睛大睜，不可思議地看著他。「你……你想做什麼？」

段衍之從懷中摸出一支如同竹子的細管，掀簾而出，摸出火石點燃，已經黑透的夜空很快便劃過一絲光亮，沖天而起，帶著一陣尖嘯沖上天際又炸開，形成一朵雲彩的模樣。

太子以為他就要對自己下手，慌忙掀開簾子出來，朝宮門口大喊：「來人，來人！」

段衍之一掌揮去，停在他耳際，雖然未接觸其分毫，掌風卻將其束髮的金冠都扯了去，頭髮散開，頓時一陣狼狽。

遠處聽到太子呼喚的御林軍想要趕來，車伕也慌忙地要過來，太子卻趕緊擺手制止。

「不准過來！」如此形狀，過來便要顏面盡失。

段衍之收了掌，眼神落寞。「殿下，你我竟會有這麼一日……」

「段衍之，你瞞得我好苦！」太子咬牙切齒，他一身的武藝卻一直扮作柔弱，居然就這麼瞞了他這麼多年！

「若是沒有這隱瞞，此時豈不是要束手待斃？」

太子喘著粗氣瞪他。「今日胡寬告訴我你與江湖門派有關聯，我還不信，原來竟是真的！不僅如此，你還要出手傷我！」他已經不用「本宮」的自稱，說這話時的心情如同一個被欺騙的普通人，只是以朋友的身分來質問。

「殿下，你該知道這一切是從哪裡開始發生了變化。在我騙你之前，是你先欺騙了所有人！」

太子被他的氣勢所懾，忍不住往後退了退，差點跌倒，一把抓住車門邊緣才沒有將自己弄得更加狼狽。

兩人對峙了一陣後，太子突然哈哈大笑起來，原先被壓下的威嚴彷彿此時都回到了身上。

他抬眼看了看段衍之，不顧自己散落的髮絲在飄落的小雨下被淋得貼在面上，冷冷地笑了起來，帶著無盡的快意。

「段衍之，太晚了，本宮已經提前動手了。」

段衍之心中大震，太子朝他身後努了努嘴，他轉頭看去，宮門口有一行人快速走來，步履急切。

為首的是個宦官，提著燈籠、打著傘，在前面引路，後面跟著兩個年紀小一些的宦官，手中捧著什麼朝宮外走來。

段衍之來不及多想，連忙跳下車朝幾人走去，為首的宦官見到他頓時愣住，接著便一嗓子嚎了出來——

「世子恕罪，世子妃突然重病，已然不治身亡了！」

幾人不顧滿地的雨水，在他面前跪下，哭得昏天暗地，段衍之卻如遭雷擊，手腳冰涼，怔怔地站在原地。

突然重病，不治而亡？

後面跟著的小太監抖索著上前，將手中一件染了斑駁血漬的衣裳遞給他。「世、世子，這是世子妃生前所著衣物，因為病會傳染，小的們正要去處理了它。」

段衍之猛地後退了一步，雨水打濕了那件衣裳，血漬被融開滴落下來，他的手指都在不停的顫抖。

會傳染？好得很，那便可以趁早處理，結果連個全屍也不會留下。

段衍之抹了一把臉上的雨水，已經不知道腦中在想什麼，頓了一頓，突然上前奪過那件衣裳，嚇得小太監尖叫了一聲躲開了去，再也不敢看他。

「世子節哀順變，弟妹的後事本宮自會好好照料。」太子的馬車經過，他坐在車中並未現身，冰冷徹骨的聲音卻沈穩地傳了出來。

段衍之立於雨中，手抓緊了那件衣裳，馬車從身邊駛過，他卻充耳未聞。

眼前早已一片茫然，耳中聲音亦全部消隱，周身如身處海中，浮浮沈沈，難有依附，不知去向，更不知歸處。

此生知音已逝，人生還有何趣可言？

先前跪在地上的宦官們爬了起來，小心翼翼地將傘遞給他。「世子……節、節哀順變。」

「滾，立刻滾！」段衍之捏了捏拳，骨骼間的輕響讓幾人嚇得連忙轉身而逃。

「公子！」此時巴烏帶著一行人快速趕到，看到不遠處宮門口的御林軍，又停止了呼喚。

一行黑衣人在他身邊圍住，單膝跪地，無聲行了一禮。

段衍之掃了他們一眼，說出來的話都已經虛浮飄渺。

「搜遍皇宮周圍，不可放過一寸土地，若是有……」他喉頭驀地哽住，半晌才接著道：「若是有女屍，盡快來報。」

「是！」眾人迅速退去。

「公子，你怎麼了？」巴烏看到他的神情，面露擔憂。

段衍之什麼都沒說，只是抱緊了手中衣物，轉身離去。

雷聲轉小，雨卻越發大了。

巴烏剛想去給他擋雨，他卻已經融入了雨幕中，背影飄渺，似已離了魂，空餘一副軀殼，如行屍走肉，再無生趣……

——未完・待續，請看夏蘊清／文創風005《強嫁》二

寧負天下人，絕不令天下人負他！

歷史控作者／夏蘊清

柔弱膽小的白面公子，
為了家族，
為了父仇而隱藏著自己的絕世武藝，
他周旋朝堂，笑對眾人，
但是心中一直都是如荒煙蔓草般的孤寂，
直到他遇到那個強嫁給他的女子。
當他終於為了她挺身而出，
丟棄了扮豬吃老虎的面具；
當他厭倦了朝堂的爾虞我詐，
寧願與之攜手江湖時，
愛情，早已是意料之中的事……

文創風 002 **強嫁㊀**

一張精緻、令人驚豔的臉，看上去柔弱、怯懦的性子，這人……便是她的夫君？
喬小扇沒想到，她那兩個寶貝妹子竟膽敢迷昏她、先斬後奏地搶了個男人回來，
待她幽幽轉醒後，面對的居然是大紅喜燭、喜服、拜過堂的成親陣仗，
最教她頭疼的是，與她婚配的這個夫婿實在是弱不禁風到一個不行啊，
唉，說不準她這個娘子還得保護他，敢情妹子們想成親想瘋了，所以胡亂出清她？
罷了罷了，既已拜堂，她想不認帳也不成，何況他看起來似乎頗能接受這情況，
面對她這個強迫嫁給他的娘子，他倒也不抵抗、頗認分，適應得挺好的，
是說，她千算萬算也沒算到，良人的來頭不小，是堂堂定安侯府世子兼太子好友！
這下真是好極了，她那兩個莽撞的妹妹該不會得因此而入獄受刑吧？
而且，聽說他本是為了逃婚而離家的，不料出了狼洞，卻入虎穴，該說他衰嗎？
思來想去，這個身分尊貴又肩不能提、手不能挑的丈夫，還是早早退回夫家較妥，
否則他要是一個不小心少根頭髮掉根毛的，她去哪兒生個兒子賠人家啊？
怎知，這看來沒個性的男子竟堅定地說不走，要留下來跟娘子在一起，
……這輩子，他還是第一個說想跟她在一起的人，這下子她留是不留他呢？

皇帝老子

竟幫著自家兒子幹起奪人妻的勾當？

真真是王子犯法，不與庶民同罪，

這世間還有王法可言嗎？

想來老虎不發發威，

真將他段衍之當成軟弱可欺的白面公子了，

為了親親娘子，

這回說啥也得顯擺出檯面下的勢力才成！

文創風 005 **強嫁 二**

奉天承運，皇帝詔曰——

「侯府世子妃喬小扇於今早突染暴疾，藥石難醫，酉時逝於宮中。」

一件染了斑駁血漬的衣裳。一道聖旨。

如此輕巧的幾句話，便想要打發他嗎？

生要見人，死要見屍。

即便他的新婚妻子真暴斃東宮，他也要領個全屍，

然而，傳旨的太監卻說世子妃之病會傳染，皇帝已下令火化！

乍聞此噩耗，段衍之大病，一昏半月，

不料待他初初轉醒之際，竟得知太子即將人婚的消息！

好，真是好極了！他侯府的白事還未及辦，害死愛妻的殿下倒急著辦喜事去了？

衝著兩人多年的交情，他不上門好好向老友道賀一番怎說得過去呢？

為了娘子，便要他與朝廷為敵、血染武林，他也在所不惜！

狗屋文創風

朝堂陰謀，江湖廝殺，隔著茫茫別離的橋樑相遇，

便是兌現相守之諾的時候……

強嫁

國家圖書館出版品預行編目資料

強嫁 一, / 夏蘊清著.
-- 初版. -- 臺北市 : 狗屋, 民100.10
面 ; 公分
ISBN 978-986-240-672-4 (平裝)

857.7 100018597

著作者 夏蘊清
發行所 狗屋出版社有限公司
地址 台北市104中山區龍江路71巷15號1樓
電話 02-0776-5889～0
發行字號 局版台業字845號
法律顧問 蕭雄淋律師
總經銷 知遠文化事業有限公司
電話 02-2664-8800
初版 100年10月
國際書碼 ISBN-13 978-986-240-672-4

原著書名《強嫁》，由北京晉江原創網路科技有限公司授權出版。

定價250元 推廣特惠價199元
狗屋劃撥帳號：19001626
網址：love.doghouse.com.tw E-mail：love@doghouse.com.tw